共和国的历程

神圣卫士

中国人民解放军驻香港部队开进香港履行职责

窦 岩 编写

蓝天出版社 吉林出版集团有限责任公司

图书在版编目（CIP）数据

神圣卫士：中国人民解放军驻香港部队开进香港履行职责／窦岩编写. 一北京：蓝天出版社，2014. 1（2023.3重印）
（共和国的历程）
ISBN 978-7-5094-1104-9

Ⅰ. ①神… Ⅱ. ①窦… Ⅲ. ①革命故事－作品集－中国－当代 Ⅳ. ①I247. 8

中国版本图书馆 CIP 数据核字（2013）第 305488 号

神圣卫士——中国人民解放军驻香港部队开进香港履行职责
编　　写：窦　岩
策　　划：金永吉　荆忠峰
责任编辑：祖　航　孔庆春
出版发行：蓝天出版社　吉林出版集团有限责任公司
地　　址：北京市复兴路 14 号
邮　　编：100843
电　　话：010—66983715
经　　销：全国新华书店
印　　刷：北京柏玉景印刷制品有限公司
开　　本：710mm×1000mm　1/16
字　　数：69 千
印　　张：8
版　　次：2014 年 4 月第 1 版
印　　次：2023 年 3 月第 3 次
定　　价：29. 80 元

前　言

中华人民共和国自 1949 年 10 月 1 日成立以来，已走过了六十多年的风雨历程。历史是一面镜子，我们可以从多视角、多侧面对其进行解读。然而有一点是可以肯定的，那就是，半个多世纪以来，在中国共产党的领导下，中国的政治、经济、军事、外交、文化、教育、科技、社会、民生等领域，都发生了深刻的变化，中国人民站起来了，中华民族已屹立于世界民族之林。

这段时间放到整个历史长河中是短暂的，有如弹指一挥间，但它带给中国的却是极不平凡的。六十多年里神州大地经历了沧桑巨变。从开国大典到 60 年国庆盛典，从经济战线上的三大战役到经济总量居世界前列，从对农业、手工业、资本主义工商业的三大改造到社会主义市场经济体制的基本确立，从宜将剩勇追穷寇到建立了强大的国防军，从废除一切不平等条约到独立自主的和平外交政策，从"双百"方针到体制改革后的文化事业欣欣向荣，从扫除文盲到实施科教兴国战略建设新型国家，从翻身解放到实现小康社会，凡此种种，中国人民在每个领域无不留下发展的足迹，写就不朽的诗篇。

六十几年在历史的长河中犹如沧海一粟，但对身处其间的个人却是并非无足轻重的。其间究竟发生了些什么，怎样发生的，过程怎样，结果如何，非人人都清楚知道的。对此，亲身经历者或可鲜活如昨，但对后来者却可能只是一个概念，对某段历史的记忆影像或不存在或是模糊的。基于此，为了让年轻人，特别是青少年永远铭记共和国这段不朽的历史，我们推出了这套《共和国的历程》。

《共和国的历程》虽为故事形式，但与戏说无关，我们是想借助通俗、富于感染力的文字记录这段历史。这套丛书汇集了在共和国历史上具有深刻影响的重大历史事件。在丛书的谋篇布局上，我们尽量选取各个时代具有代表性的或深具普遍意义的若干事件加以叙述，使其能反映共和国发展的全景和脉络。为了使题目的设置不至于因大而空，我们着眼于每一重大历史事件的缘起、过程、结局、时间、地点、人物等，抓住点滴和些许小事，力求通透。

历史是复杂的，事态的发展因素也是多方面的。由于叙述者的视角、文化构成不同，对事件的认知或有不足，但这不会影响我们对整个历史事件的判断和思考，至于它能否清晰地表达出我们编辑这套书的本意，那只能交给读者去评判了。

这套丛书可谓是一部书写红色记忆的读物，它对于了解共和国的历史、中国共产党的英明领导和中国人民的伟大实践都是不可或缺的。同时，这套丛书又是一套普及性读物，既针对重点阅读人群，也适宜在全民中推广。相信它必将在我国开展的全民阅读活动中发挥大的作用，成为装备中小学图书馆、农家书屋、社区书屋、机关及企事业单位职工图书室、连队图书室等的重点选择对象。

编　者

2014 年 1 月

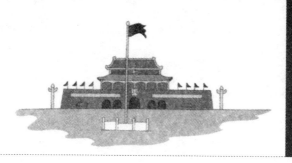

目录

目 录

一、顺利进港

●邓小平曾说："香港是要驻军的，既然是中国的领土，为什么不能驻军？中国有权在香港驻军。"

●江泽民批示："关键是进驻的部队政治上要特别过硬，事先要做过硬的思想工作。"

●刘华清勉励驻香港部队："牢记我军全心全意为人民服务的宗旨，忠于党，忠于祖国，忠于人民，忠于社会主义……"

江泽民发布进驻香港命令

1997 年 6 月 30 日，在香港回归祖国的前一天，中华人民共和国中央军事委员会主席江泽民发布《中国人民解放军驻香港部队进驻香港特别行政区的命令》。

命令如下：

中国人民解放军驻香港部队进驻
香港特别行政区的命令

中国人民解放军驻香港部队全体官兵：

根据中华人民共和国宪法赋予中国人民解放军的使命，依照《中华人民共和国香港特别行政区基本法》、《中华人民共和国香港特别行政区驻军法》有关规定，命令你们进驻中华人民共和国香港特别行政区，于 1997 年 7 月 1 日零时开始履行香港防务职责。

我国政府对香港恢复行使主权，是实现"一国两制"、完成祖国统一的一个重要里程碑。中国人民解放军驻香港部队担负香港特别行政区的防务，是中国政府对香港恢复行使主权的重要标志，任务神圣，责任重大。你们进驻香港后，要坚持人民解放军全心全意为人民服务的宗旨，发扬优良传统，忠实履行职责，遵纪守法，依法治军，把部队建设成"政治合格、军事过硬、作风优良、纪律严明、保障有力"的威武之师和文明之师，为维护祖国的主权和领土完整，保持香港长期繁荣稳定作出积极的贡献。

中华人民共和国中央军事委员会主席　江泽民
1997 年 6 月 30 日

有人说，江泽民的命令字字千钧。每一个字，每一个标点符号，都显示出中国人民的钢铁意志、磅礴力量。

因此，这是世纪之交东方巨人的声音。

在中国人民解放军的历史上，军队最高统帅公开发布进军命令，为数不多。而这一次发布命令的时代背景、作用和意义，更显得非同凡响。

我们进军的目的：主权象征。

我们进军的方式：和平进驻。

我们进军的社会环境：太平盛世。

我们进军的政治背景：一国两制。

早在 1996 年 1 月 28 日的公告中，中华人民共和国国务院、中央军事委员会就已明确昭示天下，中国人民解放军驻香港部队进驻香港，1997 年 7 月 1 日零时正式接

顺利进港

管香港防务。中央军委的公告主要内容如下：

根据中华人民共和国宪法赋予中国人民解放军的使命和《中华人民共和国香港特别行政区基本法》关于中央人民政府负责管理香港特别行政区防务的规定，为维护国家的主权、统一和领土完整，保持香港特别行政区的繁荣和稳定，中华人民共和国中央人民政府派驻香港特别行政区的部队，经过精心准备，现已组建完成。驻香港部队由中国人民解放军陆军、海军和空军部队组成，隶属中华人民共和国中央军事委员会领导。这支部队将于 1997 年 7 月 1 日零时正式进驻香港。中央人民政府派驻香港特别行政区负责防务的军队不干预香港特别行政区的地方事务。香港特别行政区政府在必要时，可向中央人民政府请求驻军协助维持社会治安和救助灾害。驻军人员除须遵守全国性的法律外还须遵守香港特别行政区的法律。驻军费用由中央人民政府负担。

关于人民解放军进驻香港一事，不同的国度，不同的人，也许有不同的关注。但对于中国人民来说，一代伟人邓小平的话就是我们的心声。

邓小平曾说："香港是要驻军的，既然是中国的领土，为什么不能驻军？中国有权在香港驻军。我说，除了在香港驻军外，中国还有什么能够体现对香港行使主权呢？"

中国人民解放军驻香港部队进驻香港，是中国政府恢复对香港行使主权的象征，邓小平的话字字千钧！

此前，对于解放军是否在香港驻军，是中方和英方关于香港回归问题谈判初期最棘手的话题。英方开始提出中国不要在香港驻军。中方代表在谈判中一贯是虚怀若谷和真诚礼让的，但是对于这种关系到主权的问题，却丝毫不让步，态度异常鲜明。

英方绞尽脑汁地阻挠中国在香港驻军，开始是不让驻军，后来是少驻军，再往后是不要驻市区，驻郊区。英国外交官还曾给我方外交官员一个折中的方案："朝发不用夕"，意思是香港与大陆连接，早上发兵，不用晚上就到了。英方阻挠我们驻军的理由是：一旦军队进入香港，就会影响香港的稳定。

1984 年 4 月，中英举行第十三轮会谈，中英两国关于香港问题谈判的议题转入过渡时期的安排。

香港驻军问题在中英谈判双方间存在着严重的分歧。英国方面反对中国人民解放军进驻香港。他们不仅在香港大打"民意牌"，甚至动员香港舆论反对驻军，而且在谈判中直截了当地向中国方面提出这个问题。

4 月 18 日，接受邓小平会见的英国外交大臣杰弗里·豪毫不掩饰他反对驻军的立场，他说："中国有责任

顺利进港

保卫香港，但不见得非驻军不可。"他还说："只是遇到外部危险时，才由中央政府派兵去香港。"

邓小平当即表示说："1997年后，我们派一支小部队去香港。这不仅象征中国恢复对香港行使主权，对香港来说，更大的好处是一个稳定的因素。"

在审阅外交部《关于同英国外交大臣就香港问题会谈方案的请示》时，邓小平在关于驻军问题一条特别旁批：

在港驻军一条必须坚持，不能让步。

1984年5月，正当以周南为代表的中方外交官员与英国外交大臣就香港驻军问题争论得十分激烈的时候，香港传媒派来了一些女记者。

这些女记者很难对付，她们是奉命来摸底的。当时有些记者钻到各种会场上，包括人大全体会议上。

有的领导没有参加香港问题的谈判，不太熟悉情况。人大开会的时候，有个记者就找上其中的一位领导，这位领导人不熟悉香港问题。

记者问："香港老百姓怕驻军，你们中央是不是一定要在香港驻军？"

这位领导不经意地回答说："也可以不驻军吧！"

第二天，香港各大报纸头版头条报道，中央一位负责人在接受记者采访时发表的谈话，称1997年后中国不会在香港驻军，是中国政府的意见。

正好那时候邓小平会见出席六届全国人大二次会议和政协六届二次会议港澳地区的人大代表和政协委员。会见之前，允许记者进来照相，然后退场。

25日上午，在会见前，有关部门把这个事报告给了邓小平，邓小平很生气。

记者在退场的时候，要出门了，邓小平说：

> 哎！你们回来！回来！等一等！我还有话讲，你们出去发一条消息，辟个谣。香港怎么能不驻军呢？驻军是主权的体现嘛！为什么中国不能在香港驻军，英国可以驻军？我们恢复了主权反而不能在自己的领土上驻军，天下有这个道理吗？驻军起码是主权的象征吧，连这点权力都没有，那还叫什么恢复行使主权哪？必须要驻军。

在记者们退场后，邓小平又指出说：

> 我们解决香港问题的立场是完全合情合理的。我国政府在恢复对香港行使主权之后，有权在香港驻军，这是维护中华人民共和国领土的象征，是国家主权的象征，也是香港稳定和繁荣的保证。

第二天清晨，伊文思大使到了外交部，找到了前外交部副部长周南。伊文思说："听说昨天邓主任在人民大会堂讲话，批评了有关人士，英方很关注。"

伊文思继续说："邓主任的讲话在香港各界引起极大的震动。港英当局还是很怕这个问题，希望你们中国政府慎重考虑，是不是一定要在香港驻军。"

周南说："谈判谈了很久不就是为了这个问题嘛？你不要再讲了，我们讲了多次，这是恢复行使主权。国防要中央管，就必须在香港驻军。邓主任已经发了脾气，你还讲什么！"

周南又说："你回去就说中国这个立场是坚定不移的，没有谈判的余地！"

伊文思大使只能离开，只有真实地传话回去，从此英方就没有再提驻军的问题。

据周南回忆录中说，驻军问题是一场严肃的斗争。邓小平的讲话对解决驻军问题起了关键作用。后来邓小平还曾讲："在香港驻军还有一个作用，可以防止动乱。那些想搞动乱的人，知道香港有中国军队，他就要考虑。即便是动乱，也能及时解决。"

关于驻军人数，邓小平也设计了合理的规模。他说："驻港军队人数不必多，大概三五千人足够了。"

其实，在邓小平博大的胸怀中，驻军多少并不是最重要的，重要的是要捍卫一个主权国家的尊严。他说过：

"驻军是象征性的，是维护中华人民共和国主权的象征，是国家主权的象征，也是香港稳定和繁荣的象征。"

邓小平的这些话，既阐明了我们维护中国主权的立场，也给香港老百姓吃了定心丸。

香港驻军经费问题也是一个热门话题。20 世纪 50 年代初期驻港英军达到 4 万多人，以后长期保持在一万多人的规模。20 世纪 90 年代以后，虽然驻港英军人数在递减，但是经费却很大。由 1976 年开始，香港负担驻港英军的费用从 1.1 亿港元增加到 2.2 亿港元，在以后的 6 年合约期内逐年增加，第二年为 2.81 亿港元，第三年为 3.37 亿港元。这些记录在案的数字表明，驻港英军每年都要花掉香港纳税人的很多钱。

为此，邓小平承诺：

1997 年以后，中国在香港驻军费用由中央政府承担，尔后把这一条作为法律固定下来。

香港人又吃了一颗定心丸。

因此，在 1990 年 4 月 4 日发布的《中华人民共和国香港特别行政区基本法》第十四条，明确规定：

中央人民政府负责管理香港特别行政区的防务。

香港特别行政区政府负责维持香港特别行

顺利进港

政区的社会治安。

中央人民政府派驻香港特别行政区负责防务的军队不干预香港特别行政区的地方事务。香港特别行政区政府在必要时,可向中央人民政府请求驻军协助维持社会治安和救助灾害。

驻军人员除须遵守全国性的法律外,还须遵守香港特别行政区的法律。

驻军费用由中央人民政府负担。

1990 年 10 月 12 日,当《关于组建驻港部队的报告》拟完之后,江泽民对驻港部队进行了第一次批示:

关键是进驻的部队政治上要特别过硬,事先要做过硬的思想工作。

1995 年 3 月,江泽民在八届全国人大三次会议解放军代表团会议上讲话时,提出了驻港部队建设的标准:

必须高标准,严要求,在政治思想、军事训练、作风纪律、管理教育等方面,都应该是一流的。

1995 年 12 月 6 日,江泽民亲临驻港部队视察。江泽民和干部战士进行了亲切的交谈，从战士训练问到学习，从家庭情况问到部队生活。

江泽民问道："连队战士每人每天伙食费是多少？"

在场的广东省委书记谢非回答说："地方对深圳的驻港部队有一点补助。"

江泽民肯定了地方政府的这种做法，他说："你们做得对，地方政府要支持香港驻军的建设。"

傍晚，江泽民对驻港部队发表了讲话，还亲笔为驻港部队题词。江泽民欣然写道：

保持人民军队的本色，维护香港繁荣稳定。

1996 年 12 月 30 日通过了《中华人民共和国香港特别行政区驻军法》，以中华人民共和国第八十号主席令的形式公布了对驻港部队的要求。其主要内容如下：

中华人民共和国第八十号主席令

《中华人民共和国香港特别行政区驻军法》已由中华人民共和国第八届全国人民代表大会常务委员会第二十三次会议于 1996 年 12 月 30 日通过，现予公布，自 1997 年 7 月 1 日起施行。

中华人民共和国主席：江泽民

第一条　为了保障中央人民政府派驻香港

特别行政区负责防务的军队依法履行职责，维护国家的主权、统一、领土完整和香港的安全，根据宪法和香港特别行政区基本法，制定本法。

第二条　中央人民政府派驻香港特别行政区负责防务的军队，由中国人民解放军陆军、海军、空军部队组成，称中国人民解放军驻香港部队。

第三条　香港驻军由中华人民共和国中央军事委员会领导，其员额根据香港特别行政区防务的需要确定。

香港驻军实行人员轮换制度。

第四条　香港驻军费用由中央人民政府负担。

……

《中华人民共和国香港特别行政区驻军法》包括总则、香港驻军的职责、香港驻军与香港特别行政区政府的关系、香港驻军人员的义务与纪律、香港驻军人员的司法管辖、附则共6章。

在当时，驻军法公布以后，香港舆论对驻军法给予高度评价，认为驻军法"体现了一国两制精神"，"起到安民安心的作用"，"对香港绝对有利"，受到了香港民众的普遍欢迎。

1997 年 5 月，江泽民在听取驻港部队工作汇报时，强调指出：

　　　　驻港部队一定要保持良好的形象，以威武之师、文明之师的良好形象进驻香港。

刘华清在欢送大会上讲话

1997 年 6 月 30 日，中国人民解放军驻香港部队进驻香港欢送大会隆重举行。

驻香港部队同乐营区，是人民解放军驻香港部队进驻香港欢送大会的主会场。

欢送大会开始前，同乐营区下过一场大雨。中央、各省、市 30 多家新闻单位、250 多名记者和 53 名港台记者，以及 20 多个国家的记者目击了这一盛况，并进行了现场直播。

欢送大会主席台上方悬挂着巨大横幅：

中国人民解放军驻香港部队进驻香港欢送大会

极目看去，主席台后方巨大的"八一"军徽在鲜花、红旗的簇拥下，格外醒目。

在主席台前方，凌空 150 米高的 10 多只氢气球，悬挂着几幅巨大的条幅，分别写着"请祖国和人民放心"等标语。

一平方多公里宽的大操场，周围遍地是彩旗、鲜花。阅兵场内，身着 97 式夏常服的 4000 多名驻香港陆海空三军部队官兵组成的受阅方队，在太阳的映照下，仿佛是一道钢铁长城。

在方队两侧，站满了穿着绚丽多彩的民族服装的群众欢送队伍。

在欢送队伍的两侧及部队后侧，停放着 10 多辆大花车。每一辆花车上，都悬挂着热情激励和欢送驻香港部队进驻香港的鲜红标语。

在军营之外的山坡上、公路旁，也站满了自发赶来欢送子弟兵的群众。

8 时 40 分，部队开始入场。刹那间，整个操场鼓乐齐鸣，长龙飞舞，醒狮欢腾，万众欢呼。

来自深圳市各机关部门和人民团体 20 多支表演队和近 2000 多名群众，以最隆重的方式欢送子弟兵。

"为今天这个神圣庄严的一刻，我足足准备了一年多时间！"在欢送会场左侧，一位身穿对襟大褂的庄姓大妈说。

今天，庄大妈专门给驻港部队官兵送来了 1000 双绣花鞋垫和 2000 只刺绣小鸟，还有印着"赠给驻港部队"的 500 件衣服。这些东西是庄大妈用一年时间做成的。

庄大妈满怀喜悦地告诉记者："战争年代，我曾经给前线战士绣鞋垫，半个世纪后的今天，我驻港部队官兵就要雄赳赳、气昂昂地进驻香港，给他们绣鞋垫意义就更加特别。"

庄大妈相信驻港部队官兵能像战争年代一样，"牢记

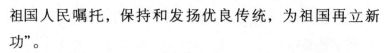

祖国人民嘱托，保持和发扬优良传统，为祖国再立新功"。

在欢腾的人群中，还有位姓赵的先生也显得特别激动。这位曾经为驻港部队倾其深情的深圳籍港商，在香港即将回归祖国大家庭、解放军就要进驻香港这一历史性时刻，专程赶来，"一送二迎"。

赵先生说："自己的大军进港，这是我们港商的共同愿望。以后，有解放军维护香港的稳定和繁荣，香港发展会更快，祖国会更加强大！"

赵先生身着圆领衫，前面印着"香港回归"，后面印着"祖国万岁"，一大早就和亲人赶到欢送会场，他们载歌载舞，兴高采烈。

在"慰问驻香港部队，向驻香港部队学习致敬"的大横幅下，深圳市食品总公司的领导一边挥舞着国旗和香港特别行政区区旗，一边告诉记者："为搞好驻香港部队进港后的后勤保障工作，食品总公司与驻港部队一起建造了专门的加工生产车间，并投资了30余万元引进制冷设备。建成了不锈钢工作台，实行专人负责、专人采购、专人加工、专人检疫，所有肉类食品全部按出口食品包装。"

6月29日，该公司生产车间已正式为驻香港部队海、陆、空三军供应食品。当天，深圳市肉联厂和22家肉类批发行慰问驻港解放军的鸡、鸭、猪等肉类食品，全部运抵香港。

深圳市委领导告诉记者，为保证部队安心、顺利进驻香港履行神圣使命，政府机关各部门制定了许多特殊政策，以此来表达人民群众对子弟兵的满腔热情。

10时整，广州军区政委史玉孝上将主持欢送仪式，宣布欢送大会开始。

主席台上，端坐着军委、三总部和广州军区以及驻香港部队的首长，中央、国家机关以及广东省和广州、深圳、东莞、汕头、惠州等市党政领导。

中央军委副主席刘华清、总参谋长傅全有以及广州军区和机关领导陶伯钧、史玉孝、文国庆、宁文汉、张国初、陈添林、姚成友、王长庆和广东省委书记谢非、省长卢瑞华等出席了大会。

驻香港部队军乐队高奏中华人民共和国国歌。紧接着，检阅开始。

接受检阅的是驻香港部队陆海空三军仪仗队。军旗手高擎军旗，在两名战士的护卫下，由手持军刀的仪仗队执行队长张洪涛引导，面向主席台。

中共中央政治局常委、中央军委副主席刘华清上将检阅了威武雄壮的驻香港部队三军仪仗队，并代表中央军委发表了重要讲话。

刘华清要求驻香港部队始终保持我军威武之师、文明之师的良好形象，不负重托，不辱使命，圆满完成各项任务，让党中央、中央军委放心，让全国人民放心。

刘华清在讲话中说：

遵照中央军委江泽民主席命令，你们就要雄赳赳、气昂昂地进驻香港，担负起香港防务的神圣使命。在这庄严的时刻，我代表党中央、中央军委，代表全军官兵，向同志们表示热烈的欢送和亲切的慰问！

香港回到祖国的怀抱，五星红旗和香港特别行政区区旗在这块土地上庄严升起，百年民族耻辱终于洗雪，香港将从此开辟历史的新纪元。这是中国人民100多年前赴后继、英勇斗争的结果，是中华民族振兴的历史丰年，是本世纪具有深远影响的重大事件。此时此刻，全党全军全国各族人民，包括广大的港澳台同胞、海外侨胞，无不欢欣鼓舞，扬眉吐气。

香港顺利回归祖国，是邓小平同志"一国两制"方针，成功推进香港回归的胜利。这一伟大胜利，生动体现了中华民族强大的凝聚力和创造力，象征着我国的综合国力正日益强盛，中国人民正以崭新的面貌自立于世界民族之林……

中国人民解放军进驻香港，是中国政府对香港恢复行使主权的重要标志，是维护国家主权和安全，保持香港繁荣稳定的重要保证……

刘华清勉励驻香港部队：

　　要坚定不移地贯彻邓小平同志"一国两制"的伟大构想，增强维护香港繁荣稳定的使命感和责任感；牢记我军全心全意为人民服务的宗旨，忠于党，忠于祖国，忠于人民，忠于社会主义；坚持从严治军，依法履行职责，严守纪律，秋毫无犯；加强精神文明建设，引导官兵树立高尚的道德情操；大力加强军事训练，强化官兵全面素质。

　　刘华清表示相信，驻香港部队一定能够按照邓小平新时期军队建设思想和江泽民关于军队建设的一系列论述，继承和发扬人民军队的优良传统，完成保卫香港的使命。

　　在欢送会上，广东省省长卢瑞华和深圳市委书记厉有为也分别讲了话。

　　他们表示：

　　7000 万广东人民将一如既往，全力支持驻香港部队的建设，当好坚强后盾和可靠后方，继续为香港的长期繁荣稳定作出应有的贡献。

　　事实上，广东省和深圳地方对中国人民解放军驻港部队在建设过程中一直给予支持。

1997 年 1 月 22 日,《人民日报》就曾报道:

民政部和广东省委、省政府春节拥军优属慰问团今天上午在深圳市举行大会,慰问中国人民解放军驻香港部队。民政部、广东省、深圳市党政军有关方面负责人和部队官兵共 700 多人出席大会。

慰问团团长、民政部部长多吉才让在慰问大会上讲话。他首先代表民政部对驻香港部队全体官兵表示慰问,同时向中国人民解放军暨武警部队全体官兵,向全国烈军属、革命伤残军人、复员退伍军人、军队离退休干部致以诚挚的问候。他在讲话中赞扬驻香港部队十分重视拥政爱民工作,在部队组建时间不长的情况下,同驻地政府和人民群众广泛开展双拥活动,积极支持驻地经济建设,赢得了地方政府和人民群众的拥戴。

多吉才让强调,要从维护国家长治久安,促进经济发展,加强社会主义精神文明建设的全局来看待军政军民团结,从讲政治的高度切实把拥军优属、拥政爱民工作摆在重要位置,抓紧抓好。

慰问团副团长、广东省省长卢瑞华,慰问

团副团长、深圳市委书记厉有为，广州军区政委史玉孝，驻港部队司令刘镇武等也在大会上讲了话。会上，慰问团向驻香港部队赠送了"威武之师、文明之师"匾和慰问品。

广东省和深圳地方对驻香港部队的关心关怀，更使他们对完成自己的神圣使命信心百倍，驻香港部队政委、少将熊自仁代表驻香港部队全体官兵表示：

一定要牢记使命，不负重托，永远忠于祖国，严格履行防务职责，坚决维护祖国的主权和尊严，维护香港的长期繁荣稳定，请党中央放心，请中央军委放心，请祖国人民放心。

参加欢送大会的还有解放军三总部、军委办公厅、海军、空军、广州军区、外交部、国务院港澳办、国务院新闻办、新华社香港分社、中英联合联络小组中方代表处、广东省和广州市、深圳市、汕头市、东莞市、惠州市的负责同志，以及驻香港部队官兵和深圳市各界代表共 6000 多人。

6 月 30 日 11 时 20 分，欢送大会在《中国人民解放军军歌》乐曲声中隆重结束。

这支始建于 1993 年年初的部队，是中央人民政府派驻香港特别行政区负责防务的部队，隶属中华人民共和

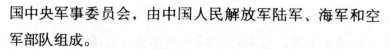

国中央军事委员会，由中国人民解放军陆军、海军和空军部队组成。

早在1996年1月28日，中华人民共和国国务院、中华人民共和国中央军事委员会即向世界宣告，中国人民解放军驻香港特别行政区部队经过精心准备，已经组建完成。

这支部队将根据中华人民共和国宪法赋予中国人民解放军的使命和《中华人民共和国香港特别行政区基本法》关于中央人民政府负责管理香港特别行政区防务的规定，维护国家的主权、统一和领土完整，保持香港特别行政区的繁荣和稳定。

根据《基本法》和《驻军法》的规定，驻港部队的主要职责是负责香港特别行政区的防务工作，必要时，应香港特区政府请求，经中央人民政府批准，还将协助特区政府维持社会治安和救助灾害。

此次派往香港的驻港官兵全部是由中国人民解放军陆、海、空三军精锐之师编成，下设步兵旅、海军舰艇大队和航空兵团，总兵力是根据香港特别行政区的防务需要而定的，但不超过原来驻香港英军的规模。

根据防务要求，部队配备了各类性能优良的武器装备，部分武器装备在全军是首次投入使用。

驻港部队人员经过严格挑选，干部来自全军100多个团以上单位，绝大多数经过军事院校的正规训练，具有大专以上文化水平，有的还有硕士学位。战士亦经严格选拔，均具有高中毕业的文化程度。

驻港陆军前身是毛泽东领导"秋收起义"时诞生的"红一团"。这支部队曾参加二万五千里长征、大渡河战役、狼牙山战役、辽沈战役、平津战役、抗美援朝等，战功卓著，还先后涌现了"大渡河连"和强渡先锋"十七勇士"、"狼牙山五壮士"以及击毙侵华日军阿部规秀的"功臣炮连"。从这个部队里走出过罗荣桓、粟裕、谭政、杨得志等142名高级将领。

驻港海军舰艇大队的前身是成立于1959年的海军猎潜艇某大队，曾在万山海战中创造中国海军首次海战的英勇战例，并多次完成南沙、西沙和北部湾战斗执勤及重大演习任务。曾以木船打军舰，在"八六"海战中曾用小艇击沉国民党海军大型军舰。这只舰艇大队也先后涌现了"海上先锋队"、"海上英雄"等英雄团体和个人。现驻港海军舰艇大队装备有导弹护卫艇、巡逻艇、登陆艇和运输船。

驻港航空兵团前身曾参加过西沙群岛保卫战等重大军事行动，多次完成保障导弹、卫星等军事科研的飞行任务。在救援唐山大地震、华南水灾、大兴安岭火灾中又立新功，被灾区人民誉为"天降神兵"。如今，他们装备了现代化水准很高的"直9"型直升机，飞行员大多是飞行了上千小时的"全天候"飞行员。

事实上，在1996年1月29日，解放军驻港部队组建完毕的初期，为了让香港同胞可以更加了解、熟悉解放

顺利进港

军，国家领导人就曾安排了香港驻军公开亮相的机会。

那一天，在国务院副总理、外交部长钱其琛的率领下，香港特别行政区筹备委员会委员，以及香港人大代表、政协委员、港事顾问等人一同到香港驻军的深圳营区参观。随行采访的还有100多位内地和香港记者。

参观的嘉宾们兴致勃勃地踏入营地，看到被战士们打扫得干干净净、井井有条的营房，看到门口精神抖擞的站岗卫兵，无不为之欣喜，敬佩之情溢于言表。

嘉宾们说：

驻港部队的精神风貌已经向世人证明他们是一支正义的精英队伍。

驻港部队的领导热情地将嘉宾迎入礼堂，司令员刘镇武向嘉宾介绍了部队的组建以及训练情况。

才思敏捷的政委熊自仁和能讲一口流利英语的副司令员周伯荣也给在场的参观者们留下了深刻印象。

在雄壮的军乐声中，登上观礼台的嘉宾们欣赏了驻港部队海陆空三军仪仗队的检阅仪式。随后，6发信号弹拖着青烟摇曳地升上天空，军事汇报表演在轻机枪快速移动射击的表演中开始，表演射手弹无虚发，枪响靶落，命中率在99%以上。

表演节目还有侦察兵攀登技术表演、远距离射击、刺杀团体操、对抗射击、拳术团体操等。仅70分钟的表演，赢得了来宾们的交口称赞，看台上是掌声雷动。

香港金宝集团董事长李秀恒激动地说："目睹祖国这支威武之师的风采，我们为自己是一名炎黄子孙感到自豪和骄傲。"

筹委会委员李嘉诚说："强大的国防是祖国统一、经济发展和社会繁荣的可靠保障。香港回归祖国后，有这样一支精兵强旅负责香港地区的防务，一定能有力地保障和促进香港的稳定和繁荣。"

来宾们随后参观了士兵们的宿舍、饭堂、娱乐室等地方。当来宾们进到部队图书室的时候，看到那里丰富的藏书，内容涉及军事、法律、经济、文化各个方面，还有很多有关香港方面的书籍，无不感到惊异。他们看到士兵们的书法、绘画作品时，感慨地说："真是人才济济呀！"

许多来宾和战士们进行亲切的交谈。他们发现很多战士不但会讲英语、粤语，还熟知香港的各种法律、法规，这个连很多居住在香港本地的居民都未必全部知道。

这些来访的嘉宾无不是香港上流社会的名人，但是战士们并没有因为腼腆而面红耳赤，无一不是落落大方，回答问题自然得体，使来宾们深为满意。

香港方面各媒体记者以最快的速度，发回了关于参观香港驻军深圳营地的报道。这些报道使得香港市民更加深入地了解了人民解放军驻港部队。

有三份香港报纸在解放军驻港部队公开亮相后进行了民意调查：

　　一份报纸提出的问题是：

　　　　解放军进驻，怕唔怕？

　　78.7%的人回答的是"不怕"。

　　另一份报纸提出的问题是：

　　　　1997年后解放军进驻香港你是否担心？

　　76%的人回答是"不担心"。

　　第三份报纸提出的问题是：

　　　　你看完有关1997年7月驻港解放军的新闻报道后，有否改变对他们的印象？

　　56%的人回答是"转好"。

驻港先头部队顺利进港

1997 年 6 月 30 日 21 时整，按照中英联合联络小组协议，驻港部队中由 509 人组成的先头部队经皇岗口岸准时抵达香港。

深圳市举行了 3 万多人参加的隆重欢送仪式。广州军区司令员陶伯钧、副司令员文国庆和司政后以及机关负责人姚成友、王长庆等，在皇岗口岸我方一侧，欢送先头部队过关。

先头部队由驻香港部队政委熊自仁和副司令员陈知庶、政治部主任贺贤书率领，分乘 39 辆小车、交通车和大卡车以及其他车辆，分 4 个梯队，经 2 号公路、7 号公路、西区海底隧道，分别进抵香港营区。其中进驻石岗军营 146 人，昂船洲军营 183 人，威尔斯亲王军营 78 人，赤柱军营 102 人。

23 时 30 分，先头部队准时进驻完毕，进入香港。

先头部队此行的目的，是为了确保中国人民解放军能够自 7 月 1 日零时起，在香港履行防务责任。

由于香港回归和驻香港部队进驻香港在即，这批先头部队有着非同凡响的意义。在先头人员途经的主要地段，吸引了几百名中外记者。

早在 1988 年 7 月 1 日，中英联合联络小组就以香港

顺利进港

为主要驻地，分别在港分设一个代表处，以便于中英双方取得更密切的联系。

这个小组每年在北京、伦敦、香港开会至少一次。联合联络小组成立以后，召开多次会议，就一系列问题达成协议和共识。

联合联络小组也就实施联合声明中有关防务和维持治安方面的问题进行了讨论。中方解释了进驻香港特别行政区的中国军队需负起的防务职责和进驻步骤，而英方亦简单介绍了英国逐步撤离的暂定计划。

双方同意，警察应适当地加以有限度的扩充，以便执行其所有的任务，包括防止非法入境的工作。而辅助空军会扩充成为政府飞行服务署。

双方接着继续讨论日后的安排，包括在 1997 年进行防务交接的安排。为了确保解放军自 1997 年 7 月 1 日起在香港有效履行防务，驻港部队先后派出 196 名先遣人员，分三批提前入港，这不仅是驻港部队主体顺利进驻香港的一项重要准备，也是香港防务交接的重要步骤。

先遣队主要负责熟悉原驻港英军 14 处军事用地的设施状况，了解社会保障运行机制和建立保障渠道，为保持军事通讯环境与香港政府部门进行具体协调等等。

自 1995 年以来，中方在中英联合联络小组及专家会议上，多次提出驻香港部队少量人员要提前进港，为驻香港部队 1997 年 7 月 1 日正式履行防务职责做必要准备，但谈判历时两年基本没有进展。

1997 年 4 月 15 日，香港政府新闻处突然公布：

　　英方就驻香港解放军第一批先遣人员提前进港安排接受中方意见，首批先遣人员将于下周来港。

　　英方在中英联合联络小组工作渠道十分畅通的情况下，做此超常举动，显然是有意考验中国政府和解放军的快速反应能力。

　　4 月 17 日，驻香港部队接到上级指示，要求立即做好先遣人员 4 月 21 日进驻香港的准备。

　　4 月 18 日 9 时，中英联合联络小组中方代表处接到指示，驻香港部队首批先遣人员将于 4 月 21 日 13 时进港，由杨建华担任中英联合联络小组中方代表处与驻香港部队之间的联络员，负责协调香港内外的相关工作，确保首批 40 名先遣人员和 8 辆军车顺利进港。

　　要保证人车顺利进港，必须办理完备的各类进港手续。车辆的保险、牌照等手续，通常都需要 7 至 10 个工作日，还有无线电通信设备申请用频等手续。

　　时间非常紧张，如果得不到相关方面的配合，无论如何也办不完这些手续。这就要求杨建华必须于 19 日 12 时前，完成需香港政府部门配合的全部工作，20 日 12 时前完成其他准备工作。

　　接到工作指示后，杨建华迅速行动：

顺利进港

18 日 11 时，杨建华与驻香港部队后勤部通电话，要求尽快提供进港车辆的车种、车型、发动机号码、车载无线电专用设备的名称、数量等详细资料。

11 时 20 分，联系香港民安保险公司业务员，请其做好制作车辆保险单的准备。

11 时 40 分，与香港政府保安科联系，紧急约商 19 日上午举行双边会议，对首批先遣人员进港的相关问题进行磋商。

13 时 10 分，收到驻香港部队电话报来的车辆资料，随即转给民安保险公司。

14 时 30 分，防务技术专家组召开内部会议，对 21 日先遣人员进港可能遇到的情况细致分析并准备应对方案。

17 时 30 分，民安保险公司送来了车辆保险单。

21 时，与专程来港参加中英协调会的北京专家研究第二天中方发言内容和备用处置方案。

19 日 9 时，英方答复协调会可于 11 时 30 分在下亚力毕道政府合署召开。

11 时 30 分，会议准时开始，香港政府保安部门、驻港英军、入境事务处、海关、运输署、新闻处、电信管理局等部门官员出席。

中方首先发言，对 21 日先遣人员进港的安排作了详细通报，提出需英方配合的事项，并向英方提交了多种需中方完成的工作文书。

从对方人员的态度和发言能看出来，他们没有想到，中方要求首批先遣人员在下周的第一天就进港，并提出了完整的行动计划和明确具体的协助需求，提交了所需要的全部人员、车辆、设备资料和申报手续。这样的办事效率，使英方人员感到中方的态度是坚决的。

　　20日上午，杨建华向中英联合联络小组中方代表处的陈佐洱代表汇报了先遣人员进港准备工作进展情况，同时提出先遣人员进港后的生活保障问题。

　　21日9时30分，杨建华一行人赶往落马洲边境管制站，与入境事务处、海关等部门当值的一线指挥官当面协调，随即又赶往深圳皇岗口岸边防检查站说明情况，协调解决两边的出入境管理部门平行录入资料问题。

　　21日11时，驻港部队官兵为首批先遣人员进港举行了庄重的欢送仪式。

　　驻港部队军乐队高奏中华人民共和国国歌。首批先遣人员进港欢送仪式由驻港部队政委熊自仁少将主持，他首先宣布了40名先遣人员名单。

　　接着，司令员刘镇武少将致欢送词。他表示先遣人员要发扬我军优良传统，认真履行神圣职责、严格遵守《中华人民共和国香港特别行政区驻军法》、《中华人民共和国香港特别行政区基本法》和香港法律，以实际行动展示我军威武之师、文明之师的良好形象。

　　驻港部队机关参谋陈相文代表40名先遣人员表示决心，一定要为国旗、军旗增添光彩，向党和人民交一份

顺利进港

合格答卷。

21 日 12 时 30 分，先遣人员车队抵达皇岗口岸，边防检查站和海关的同志向先遣人员献上鲜花，预祝第一支越过口岸的中国人民解放军部队进港顺利。

13 时整，在《中国人民解放军进行曲》中，40 名先遣人员身着 97 式军服，由驻港部队副司令员周伯荣少将率领经皇岗口岸进入香港。

当首车在管制站预留的编队区停稳，周伯荣少将便快步走向迎候在这里的陈佐洱代表，庄重地向陈代表行举手礼，这是中国人民解放军人员身着制式军服第一次出现在香港市民面前。

在场的香港政府代表和驻港英军代表，也向周伯荣少将表示欢迎。

闻讯赶来的中方海关工作人员，自发地列队欢送先遣人员。几位年轻的工作人员向先遣人员献花。周伯荣少将频频点头和挥手表达谢意。

先遣人员则个个精神抖擞、英姿勃发，脸上充满了激动、自豪和自信。

13 时 15 分，先遣人员全部通关完毕，车队离开落马洲边境管制站向威尔斯亲王军营进发。警察摩托车引导驶出边境禁区后，车队便自行开进。沿途有不少香港市民落下车窗，抢拍首批驻香港部队人员进港这一难得的历史镜头。

14 时 35 分，驻香港部队首批先遣人员顺利抵达威尔斯亲王军营。

驻港英军司令邓守仁少将率参谋长麦礼信海军准将等三军官兵代表，在威尔斯亲王大厦前迎接。

当周伯荣少将与邓守仁少将互致军礼并握手问候时，在拥挤的记者区里，照相机快门响成一片，持续了数分钟。

1997 年 4 月 21 日新华社电文说：

　　40 名没有携带军事武器的中国人民解放军驻香港部队第一批先遣人员，在驻港部队副司令员周伯荣少将的率领下，今天下午 14 时 37 分抵达香港中环驻港英军威尔斯亲王军营，开始为今年 7 月 1 日中国人民解放军驻港部队接管香港防务进行必要的准备。

1997 年 5 月 14 日新华社报道：

　　中英联合联络小组双方已就中国驻港部队派出第二批和第三批共 156 名先遣人员进驻香港的有关安排达成协议。加上第一批派出的人员，中方总计派出 196 名先遣人员提前进驻香港。中方先遣人员的任务是为中国人民解放军驻香港部队进驻香港担负防务责任做必要的准备工作。

顺利进港

第二批先遣人员派遣时间是 1997 年 5 月 19 日，共 60 名人员。

第三批先遣人员派遣时间是 1997 年 5 月 30 日，共 96 名人员。

这些先遣人员分别进驻威尔斯亲王军营、赤柱军营、新围军营、稼轩庐军营、奥士本军营和般咸阁。

至此，驻港部队总计派出 196 名先遣人员提前进驻了香港。

二、 举行交接

- 中方陆军一身草绿，海军一身洁白，空军一身天蓝，昂首挺胸，威武雄壮。

- 雄壮激昂的中华人民共和国国歌在香港的夜空回荡！五星红旗冉冉升起！旗手面向东方，脸上写满自豪。

- 市民搭起了一座又一座彩门，撑伞站立在雨中，不停地向行军纵队抛掷鲜花。

英国军队按时撤离香港

1997 年 6 月 30 日，位于港岛中环的驻港英军总部威尔斯亲王军营关闭，部分官兵转移到停泊在维多利亚港的"漆咸号"支援舰上。

"漆咸号"于 6 月 3 日晨抵达香港，专门负责为驻港英军"搬家"，执行为期一个月的特殊任务。6 月 30 日黄昏，"漆咸号"派出 40 名海军官兵担任告别仪仗队，在原添马舰海军基地以东的填海区自行安排了"告别仪式"。6 月 30 日午夜，最后一任港督彭定康和英皇储查尔斯一同乘坐"不列颠尼亚号"游艇，在英国快速舰"漆咸号"护卫下驶离香港。

其实，在 1993 年 7 月 19 日，英国国防大臣杰里米·汉利在伦敦就宣布了一项从香港逐步撤军的计划。

1996 年 8 月 29 日，是《南京条约》签订 154 周年的日子。这天，英国驻港三军司令邓守仁少将宣布，英军正式撤离香港和关闭军营，并公布了撤军具体步骤。一场没有追兵和炮火的英国军事大撤退在香港陆续展开。

士兵列队会操接受最后一次检阅，邓守仁少将同专程来香港的英军将领致辞，随军牧师为低头静默的官兵祈祷，一面面英军兵团旗帜从军营的旗杆上徐徐降下。

8 月 30 日，英军关闭了专门为其服务的第五十香港车辆厂。

9月6日，为驻港英军提供一般性作战性工程支援的女皇廓尔喀工程团第六七廓尔喀独立野战中队解散。

9月15日，驻港皇家空军石岗基地关闭。

1997年2月，黑卫士兵团第一营调驻香港，史德福郡军团第一营撤回英国本土。

3月31日，"香港军事服务团"正式解散。

4月11日中午12时30分，米字旗在昂船洲添马舰海军基地徐徐降下。200多名英国海军士兵分列走出香港昂船洲添马舰海军基地，英国海军在亚洲的最后一个基地添马舰海军基地关闭，驻港皇家海军香港舰队的3艘巡逻舰撤出。

"添马舰"是英国海军的一艘船只，于1897年4月11日到达香港，停泊在维多利亚海港。一个多世纪以来，名为"添马舰"的英国军舰已经更换4艘。

1962年，英国海军在香港中环建成了以"添马舰"命名的海军基地。

1979年英军在这里建起一座28层的大楼，成为驻港英军三军司令部。

5月31日，英军宣布香港常规支援兵团解散，6月1日在九龙塘军营举行解散会操。

6月3日，英国皇家空军第二十八中队在香港启德机场做了最后一次飞行，然后撤离香港返回英国。

6月4日，位于九龙塘的奥士本军营关闭。

举行交接

共和国的 **历程**·神圣卫士

6月上旬，驻港皇家空军第二十八飞行中队开始离港返英。

6月30日下午，英方在原添马舰海军基地以东的填海区自行安排了"告别仪式"。

同日，位于港岛中环的英军总部威尔斯亲王军营关闭，移交给我驻香港部队。

1997年7月1日凌晨，英国最后一任港督彭定康乘坐"不列颠尼亚号"游艇，在英国快速舰"漆咸号"护卫下，离开香港。

驻港英军结束了不光彩的占领者的角色，回到了自己的土地上去。尽管驻港英军声称要"体面地撤退"，但毕竟掩饰不住内心的几分无奈，几多惆怅。英军的撤离和香港的回归，标志着英国对香港长达一个半世纪的殖民统治结束。

举行中英防务交接仪式

1997 年 6 月 30 日下午至午夜，一直是大雨滂沱。

这一夜，雨水、泪水、激情浸透了所有见证香港回归人的心灵。

港岛北部 U 形海域岸边的添马舰有一座被称为"高脚杯"的乳白色大楼，这便是驻港英军司令部，又称威尔斯亲王军营，中英防务交接仪式就在这里举行。

30 日 22 时，添马舰威尔斯亲王军营门前广场，"长枪短炮"严阵以待的记者们几乎屏住了呼吸。

22 时 24 分，人民解放军海陆空官兵车队开进军营。

23 时 50 分之前，英方卫兵已在门外站岗。

23 时 50 分，双方卫队、卫队长集合完毕。

双方参加交接仪式的人数为 22 人。其中，卫队长、卫队副指挥官各 1 人，卫兵 18 人，其中海、陆、空军各 6 人，门口哨兵 2 人。

23 时 52 分，英方卫队出发，向预定交接位置齐步走。

23 时 53 分，中英防务交接仪式正式开始。

此时，气氛凝重而肃穆。

中方卫队长谭善爱中校、英方卫队长埃利斯中校各率本国卫队到达预定位置，相向立定，互行持枪礼。

双方卫队分别依海陆空为序排列，每军种两排，每排3人。

中方陆军一身草绿，海军一身洁白，空军一身天蓝，昂首挺胸，威武雄壮。

23时54分，我方卫队从集合位置向预定交接位置齐步走，当第一名卫兵进到右转弯位置时，英方卫队副指挥官下达"敬礼"口令，卫队行持枪礼。

23时55分，我方卫队到达预定位置并面向英方站立。此时英方卫队副指挥官下达"礼毕"的口令，卫队将枪放下。

23时56分，中方两名士兵肩扛步枪，迈着正步走向营房大门，在左右两个门柱前立正上岗。

23时58分，双方卫队长以提起脚后跟为信号，同时向预定交接位置出发齐步走。

58分20秒，双方卫队长相互敬礼。英方卫队长埃利斯中校向我方卫队长敬礼，我方卫队长谭善爱中校还礼后英方卫队长礼毕。

58分50秒，英方卫队长埃利斯讲话。

埃利斯说：

谭善爱中校，威尔斯亲王军营现在准备完毕，请你接收。祝你和你的同事们好运，顺利上岗。长官，请允许让威尔斯亲王军营卫队下岗。

58 分 53 秒，我方卫队长谭善爱讲话。他声如洪钟地说：

> 我代表中国人民解放军驻香港部队接管军营。你们可以下岗，我们上岗。祝你们一路平安。

58 分 57 秒，我方卫队副指挥官下达"半面向右转"的口令，卫队半面向右转成立正姿势，接着，下达"敬礼"口令。

59 分 13 秒，我方卫队长讲话完毕。

此后，开始握手。双方卫队长各向前走一步，同时伸手握手。

此后，后退一步，我方卫队长向英方队长敬礼。

英方卫队长还礼后，我方卫队长礼毕。

人们注意到，双方军队面对面，相距仅 4 米。在强烈的灯光下，手中的长剑和腰间的剑鞘闪着寒光。

但此时此刻的维多利亚港上空烟花璀璨，与万家灯火交相辉映，一派祥和气氛！

59 分 23 秒，双方卫队长向北转身。我方卫队长左转，英方卫队长右转。

59 分 26 秒，英方卫队长下达"卫队副指挥官，齐步离开威尔斯亲王军营"口令。

举行交接

59 分 30 秒，英方卫队副指挥官到卫队的纵队前方就位后，我方卫队副指挥官下达"敬礼"口令。

卫队同时行持枪礼。英方卫队离开。

59 分 55 秒，英方卫队最后一名英国军人埃利斯中校走出威尔斯亲王军营营门口线，走向停泊在 50 米开外的军舰"漆咸号"。

英国军人埃利斯离去的脚步，标志着英国对香港 150 多年的殖民统治一去不复返！

距"漆咸号"以西不远，就是当年英国殖民主义者踏上香港岛的地方……

短短 7 分钟！相距仅 4 米！两国军队完成了防务的和平交接。这在人类历史上前所未有！为国家间和平解决历史争端树立了一个光辉范例！

时针，即将指向公元 1997 年 7 月 1 日零时零分零秒！全球的目光都聚焦在那一刻：

5！4！3！2！1！

雄壮激昂的中华人民共和国国歌在香港的夜空回荡！五星红旗冉冉升起！旗手面向东方，脸上写满自豪。

仰望国旗，在场的人眼眶都湿润了，泪光中的国旗显得格外鲜艳！

与此同时，香港的 14 个军营也同时升起了五星红旗。

随即，驻香港部队政委熊自仁少将讲话。他说：

　　从零时开始，中国人民解放军驻香港部队
正式接管了香港的防务。

他表示：

　　驻香港部队全体官兵一定不辜负党和人民
的重托，为维护祖国的领土完整和香港的长期
繁荣稳定，恪尽职守。请祖国和人民放心。

　　这标志着香港部队已经全部正式接管了香港的防务
工作。

　　这是一个神圣伟大的时刻，凡是有中国人的地方，
哪怕他正身处异国他乡，此时此刻，也都在荧屏前聚焦
这一幕。人们都知道，这一切对于香港来说，正意味着
一个旧的时代结束了，一个新的时代即将开始。

　　一号哨到位！
　　二号哨到位！
　　三号哨到位！
　　……

　　7月1日零时，在我驻港部队军营的所有哨位和军事

举行交接

要地，哨兵们已经全部上岗。

7月1日凌晨，新华社发布电文：

> 1997年7月1日零时，中华人民共和国国旗和香港特别行政区区旗在香港升起，经历了百年沧桑的香港回到祖国的怀抱，中国政府开始对香港恢复行使主权。

遥望军营，战士们感慨万分。这本是我们的国土，然而，异国军人的脚步却在这里停留了150年之久……

1841年1月25日，英国"硫黄号"军舰进占香港岛。该舰舰长爱德华·拜尔记录：

> 25日，星期一，上午8时15分登陆。我们是第一批的真实占领者，我们便在领地上三呼万岁，举杯祝贺女王陛下健康。26日，舰队到达，海军陆战队登陆，国旗在我们的营地上升起来……伯麦司令官正式举行占领该岛的典礼……

在英军进驻香港岛后，各地人民纷纷起来抗争。东莞等地首先召开群众大会，联名呈书给广东巡抚怡良说：

香港绅民不愿为夷！

1841 年 5 月 30 日，广东人民又发动了轰轰烈烈的三元里反英斗争。

广西巡抚梁巨章在给朝廷的奏书中也认为为免除日后祸患，力主清政府收复香港。梁巨章说："此次广东省城幸保无虞，借乡民之力！"

《南京条约》签订后，人民决定利用自己的力量，与岛内的仁人志士联合行动，一举收复香港。

黎进福等人领导了一支 3000 人的队伍，在将香港英军布防情况摸清后，回到广州，准备在 12 月与广东人民一起，分兵 12 路攻打香港。

就在他们准备行动之际，清政府的两广总督得到了消息，深恐"衅端再起，触夷怒，势不可收"，于是，便采取一切手段进行阻挠。结果，扼杀了一场轰轰烈烈的爱国义举。

1941 年 12 月太平洋战争爆发后，美、英为了联合中国共同抗击日本，许诺废除不平等条约所规定的在华特权，签订了中美、中英"新约"。

当日本军队在 1945 年 8 月向盟军投降时，中国因此失去了一个收回香港主权的好机会。

新中国成立后，直到 1984 年，收复香港问题才在邓小平的领导下得到了解决。

举行交接

驻港部队全部进入香港

1997 年 7 月 1 日 1 时，中国人民解放军驻香港陆海空三军主力部队依次离开营地，从北起深圳沙头角、南至蛇口妈湾码头，由陆地、空中和海上，进驻香港，正式履行防务职责。

倾听了 156 年 5 个月零 4 天《上帝保佑女王》的香港同胞，开始熟悉激昂、雄壮的《义勇军进行曲》。

公路两旁是刚刚收看完中央电视台现场直播政权交接仪式和防务接管仪式，又纷纷自发赶来的欢送群众。兵车和彩车一同行进，战士们唱着军歌。一路上，国旗、区旗、紫荆花争相辉映。

人们欢呼着、簇拥着队伍前进。深圳通往香港的路上处处看得到欢乐、和平、神圣、和谐统一的景象。

战士们怀抱着钢枪，在车上迎风而立，向父老乡亲和深圳市这个第二故乡行注目礼。战士们向前看，是越来越密集的欢送队伍；向后望，是一辆辆同速的军车和高高举过头顶的红旗、鲜花。

从同乐营区到文锦渡口岸，兵车途经广深高速公路、深南大道、文锦中路，一路上都是歌如潮、花似海。主要街道两侧，每隔半米就有一盆鲜花，远远望去，仿佛是两道彩虹。

在欢送队伍里，有党政机关干部，街道居民，大、中、小学学生，厂矿、公司、商场职员和外来打工人员。街道两旁高楼大厦的阳台上、天台上，也站满了欢送的人群。

在罗湖，从深南路与红岭路交叉路口开始，一直到文锦渡口岸，6万多各界群众里三层外三层地把道路围成了一道"人墙护栏"。

莲花山下、上步路口、沙头角、皇岗、妈湾等地，也早早地"集结"了数以万计的送行群众。据后来统计，当天为子弟兵送行的群众达到20万之多。部队官兵必经之处，都站满了欢送的人民群众。

在欢送驻香港部队的人群中，每一张脸都充满了自豪和喜悦，每一颗心都洋溢着爱国爱军的情愫。

在送行的队伍中，一辆披红挂绿、写着"喜庆香港回归"的小三轮车引起了人们注意。推车人说，他是10个月前，和女儿从西安出发，来深圳为驻港部队送行的。

5时34分，深圳市区陆续下起雨来。一时间，天空电闪雷鸣，大雨滂沱。雨浓情更浓，欢送的群众在雨中情不减，意更切。

在文锦渡口岸，随着一声"解放军来啦"，如潮的掌声顿时响起，"欢送、欢送"的呼声动地而来。

从兴华宾馆、东风大厦到新城大厦、新闻大厦，长长的深南大道两侧，成了鲜花、旗帜和彩球的海洋。

龙岗镇舞龙队的30多名小伙子，在雨中起劲地舞起

举行交接

了两条长 18 米的九节龙。

市机电设备安装公司的锣鼓队，敲起锣来打起鼓，欢快的鼓乐擂得震天响。

一队身着红裙的女青年，冒着雨跳起了优雅的扇子舞……

在皇岗口岸，近 10 万群众伫立雨中为驻香港部队送行。一队手捧鲜花的少先队员特别引人注目，尽管全身已经被大雨淋透了，但孩子们仍然个个情绪高昂。当部队徐徐开进时，他们立即拥上去，把鲜花献给亲人解放军。

皇岗村的 3000 多村民，上至白发苍苍的老人，下到牙牙学语的孩童，都整齐地列队站在"热烈欢送驻香港部队进驻香港"的横幅下，冒雨欢迎亲人入港。

在沙头角和蛇口妈湾，倾盆大雨也丝毫没有影响群众为子弟兵送行的热情。当一辆辆兵车徐徐驶过，当一队队官兵冒雨在敞篷大卡车上庄严地向送行群众敬礼的时候，子弟兵的风采、威武文明之师的形象，在人民群众心里激起了强烈的共鸣。人们一致认为，有这样的保卫者进驻香港，祖国和人民都感到放心！

5 时 45 分，驻香港部队从陆路过关的部队准时在沙头角、文锦渡、皇岗口岸一侧集结完毕。战士们严阵以待。一步之遥，前面就是香港。

6 时整，随着指挥员"开进"的命令，进入待命集结地域、海域、空域的人民解放军驻香港部队陆海空三军部队，东起沙头角，经文锦渡、皇岗口岸，西至蛇口妈湾，在长达几十公里的弧形国土和海域、空域上，陆续向香港迈进。

驻港部队步兵旅的前身是著名的"红一团"。该旅享有的荣誉称号有"攻坚英雄营"、"大渡河连"、"密云尖刀连"、"牛角峰英雄连"、"抗击英雄连"等。

驻港部队陆军部队中，还有一部分官兵是从著名的"塔山英雄团"等团队中抽调的。

首先从陆路文锦渡方向迈进历史性第一步的是步兵旅英雄的"大渡河连"。

步兵旅"大渡河连"的前身是原红军一团二连。1935年5月25日，红军主力被阻于当年石达开全军覆没的大渡河南岸。面对前有拦截、后有追兵的险恶环境，红军一团二连受命组成强渡大渡河的奋勇队。17名勇士凭着勇猛顽强的精神和精湛的军事技术，冒着弹雨前进，直取彼岸，为红军长征打通了北上的"瓶颈"。从此，大渡河十七勇士和"攻坚制胜、勇往直前"的"大渡河连"精神，彪炳史册。

"大渡河连"迈进的这一步，意味着人民解放军部队首次踏上香港这片神圣国土，意味着历史从此揭开新的一页。

100多年前，脚下的深圳河，曾经被迫成为"界河"，即深圳河以南的大片国土，被英国强行插上米字旗。今天，这支从大渡河走来的精兵劲旅，率先越过深

举行交接

圳河。

文锦渡是驻香港部队进驻香港的主方向，随着军乐队高奏《中国人民解放军进行曲》，早已等候在关前的官兵，迅速启动军车，威武、整齐地成一纵队而过。

走在前面的队伍，那面鲜艳的"大渡河连"战旗，在车头迎风招展，格外引人注目。

步兵方队是第一梯队，我国制造的右舵东风牌大卡车，一辆接着一辆。每辆车上，都由一名军官带队，乘坐一个排的兵力。官兵身穿97式夏常服，全副武装，一手握枪，一手扶着车栏，分别面向前方、右方、左方3个方向。

第二、第三梯队是驻香港部队机关。车队里有指挥车、运兵车、通讯车、警卫车。指挥车上装备有卫星通信装备，顶上旋转的天线不时发出各项指令。

第四梯队是装甲方队。屈指一数，有21辆装甲车、9辆汽车，共229名官兵。没有硝烟，没有枪炮声，而每一辆装甲车，都显示出一股锐不可当的力量和神圣不可侵犯的尊严。

在沙头角方向，首先进入香港的是某步兵营。他们进驻的目的地是新围军营，离沙头角约20公里。

在皇岗方向，首先进入香港的是步兵旅机关、直属分队。

然后，是进入香港石岗机场的驻香港部队航空兵团机关方队和地勤方队。

解放军部队进驻香港的所有方向，都受到了香港同胞的热烈欢迎。从主路进驻的部队，一过文锦江口岸，就受到"新界"一带群众的夹道欢迎。

当队伍沿着 2 号公路行进到上水、粉岭路段时，上万名同胞手持国旗、彩旗、鲜花欢迎。公路两侧，欢声雷动。

市民搭起了一座又一座彩门，撑伞站立在雨中，不停地向行军纵队抛掷鲜花。有的群众给战士们送水送鸡蛋。10 多台花车缓缓与军车同行，一条长几百米的巨龙，在公路一侧飞跃欢腾。

6 时 15 分，当车队在与深圳接壤的香港新界北区公路远处一出现，在倾盆大雨中已经久候了多时的一万多名新界居民，立即敲响了锣鼓，舞起了醒狮，挥起了红旗，扭起了秧歌。香港市民争先恐后来欢迎驻港部队官兵，并向驻香港部队赠送了写有"威武文明之师"的牌匾和锦旗。

望着这一切，战士们沉浸在无比激动之中。

在当时，车队约 174 辆军车，在绵延两公里挥舞着五星红旗与紫荆花区旗的夹道欢迎中缓缓前进。在大雨中，战士们身穿崭新的驻港部队军服，挎着冲锋枪，戴着白手套，笔直地列队于卡车两旁，微笑着向夹道欢迎的人群挥手致意。

此时，雨越下越大，茫茫雨雾中，每驶过一部军车，两旁欢迎的人群都发出一阵阵欢呼声。

举行交接

首先从空中进入香港上空的，是驻香港部队航空兵团的6架"直9"型直升机。

7月1日8时25分6秒，石岗机场上空第一次出现了机翼上标有"八一"军徽的中国人民解放军军机。

来了！

来了！

……

人们在惊喜地呼喊着。在机场外，无数同胞翘首仰望，注视着天空越来越闪光的光点。

1架、2架……6架直升机依次着陆。我先遣人员急步上前，与飞行员一一握手拥抱。

航空兵团的前身是空军运输航空兵某大队，长期担负着中央领导人的专机和重要包机任务，在祖国人民需要的时候，他们更是挺身而出。

在邢台地震时，是他们的专机及时送周恩来到灾区视察慰问；唐山大地震后，在余震未消的情况下，是他们出动8架飞机，为灾区人民送医送药，运送伤员；大兴安岭火灾发生后，又是他们在紧急关头空投空运救灾物资，及时把党的温暖送给灾区人民……

首先从海上进入香港的，是由驻香港部队海军舰艇大队771号导弹护卫艇率领的海上第一编队。

7月1日4时55分，第一编队从蛇口妈湾起航，6时进入香港水域，8时30分进入昂船洲海军基地。

当编队进入昂船洲的时候，海军官兵看到100多艘民用船只自发地在海上夹道欢迎。每一艘船上都高高飘扬着五星红旗。海军官兵们列队伫立在甲板上，用旗语向同胞们致意。

7月1日7时40分11秒，解放军驻香港部队机关准时到达威尔斯亲王军营。

大批等候在此的记者聚集在军营门口，解放军官兵在滂沱大雨中井然有序地进入营区。

过了一会儿，机关各个部门在先遣人员的引导下，有条不紊地走向各自的岗位。

8时40分以前，各梯队依次进入香港威尔斯亲王军营、赤柱军营、山顶白加道三军司令官邸、金钟皇后军营、半山般威军人宿舍、柯士甸道枪会山军营、九龙塘奥士本军营、歌和老街高级军官官邸、昂船洲岛海军基地、元朗稼轩庐军营和潭尾军营、粉岭新围军营和大岭保靶场、大山奥山大奥海军观察站14个军营。

当指针指到9时30分的时候，解放军各部队已经全部进驻完毕。干部带班上哨，后勤人员安营扎寨，车马辎重，全部进入指定位置。

这是一支使命特殊的部队，作为国家主权的象征，它担负着香港特别行政区防务和维护香港长期繁荣稳定的历史重任。

这是一支举世关注的部队，从进驻香港这天起，它

举行交接

就成为世人观察中国军队、观察中国共产党和中国社会主义制度的"窗口"。

在"东方之珠"这片美丽的土地上，驻防香港部队将严格遵守香港基本法和驻军法，做到特别讲政治、高度重使命、严格守法纪、开拓创一流，圆满完成党和人民赋予的神圣使命，向世人展示我军威武之师、文明之师的形象，成为"一国两制"的忠诚实践者。

人民解放军驻港部队踏上这块神圣的国土，把香港特别行政区置于中国人民自己的军队防卫之下，这是保持香港长期繁荣稳定的重要保证。

三、 履行职责

● 在石岗空军基地里，飞行员们快速地吃完早餐后，就冒着瓢泼大雨奔赴机场，开始第一天的执勤。

● 每当香港举行植树、献血、清洁港湾、大型灾难事故救援演习等社会公益和治安活动，部队便会出现，默默地为香港贡献心力。

● 让紫荆花在和平的阳光下开得更加鲜艳，是驻港部队的使命，也是香港民众的心愿。

驻港部队开始履行职责

1997 年 7 月 1 日凌晨，在香港最大的军营，即石岗军营门前，站第一班岗的是驻港部队空军飞行大队警卫连五班班长郭健峰。他是 1995 年入伍，福建南平市人，曾先后获得四次嘉奖，一次荣立三等功，一次被评为优秀士兵。

当记者问道："第一次站在香港的土地上站岗，你紧张吗？"

他回答：

站在中国的土地上站岗紧张什么，我就怕没有很好地完成第一班岗的任务，中外记者也很多，他们不停地拍照，搞得我的眼睛有些受不了。香港同胞见了我们解放军都很友好，很欢迎。我在哨位上时，附近的村民还在门口挂起了欢迎我们的横幅。

10 时 30 分，香港赤柱军营内，"大渡河连"进驻香港后的第一次党的支委会准时开始……

一个小时前，这支部队刚刚完成了进驻香港的交接任务，现在正在讨论在新环境和新情况下，如何把连队建设好，把党和人民赋予的使命完成好。

而此时，石岗军营内的部队驻港的第一天恰逢行政日。行政日是部队里的一项正常工作，一般都用来擦拭武器，打扫卫生等。

在营党委会上，营长张洁要求各连清点树木花丛，造册登记，由专人负责。在每个连队里，部队都给战士们配备了电熨斗，有的战士在熨衣服，有的战士在翻译各种英文标记。

7时25分，驻港海军舰艇大队已经准时、顺利、安全抵达香港昂船洲码头，并迅速成立指挥所，保持一级战备，随时听令出航。所有岸勤人员立即投入建立新的生活秩序中。

在石岗空军基地里，先遣组的炊事员们凌晨3时就已经起床为入驻的空军飞行员们做早餐了。而飞行员们快速地吃完早餐后，就冒着瓢泼大雨奔赴机场，开始第一天的执勤。

1997年7月4日，驻香港部队司令员刘镇武、政委熊自仁拜会了特区行政长官董建华。

他们表示说：

履行职责

今年要建立必要的工作联系，共同为香港的长期繁荣稳定作出贡献。

1997年7月9日，特区行政长官董建华也率领特别

行政区政府主要官员对人民解放军驻港部队进行了首次探访。董建华祝贺解放军驻港部队能够顺利进驻履行防务，称赞这支部队"威武严明"，他认为驻港解放军将是维护香港繁荣稳定的一支重要力量。

一位外国高级将领访问香港时，由衷地赞美道：

在繁华稳定、经济活跃的香港身后，有一支忠诚、训练有素的军队作为支撑。

截至 2004 年，从香港入境处等部门获得的信息表明：驻香港部队无一人违纪违法，无一人与市民发生纠纷，过往车辆无一违规。部队实弹射击、飞机升空、舰艇出海，无不是严格按香港法律办事。

虽然平时人们在大街上见不到解放军，但每当香港举行植树、献血、清洁港湾、大型灾难事故救援演习等社会公益和治安活动，部队便会出现，默默地为香港贡献心力。

第三任驻港部队司令员王继堂、政委刘良凯后来在接受记者采访时说，只要特区政府需要，香港市民需要，驻军会按照有关规定随时提供协助。

部队进港后，与香港特区政府建立了必要的工作关系，制订了协助香港特区政府维护社会治安、救助自然灾害，外国舰艇、飞机进港的处置等具体的行动方案和保障计划，受到特区政府的高度评价。

后来，原香港特别行政区行政长官董建华，高度赞扬解放军驻港部队是威武、文明之师，为香港的繁荣稳定作出了贡献。

董建华说：

　　香港成功地落实"一国两制"，其中驻港部队功不可没。

香港舆论给予驻港部队的评价是：

　　十分成功；
　　驻港部队是香港繁荣稳定的守护神；
　　它体现了"一国两制"的成功。

驻港部队加强军民关系建设

1997 年是解放军驻港部队进驻香港的第一年。根据规定，驻香港部队射击打靶都上报香港特区政府登宪报。而且考虑到香港市民晚睡晚起的生活习惯，部队一般选 9 时开始打靶。

一天早上 8 时，一个营去训练射击。不一会儿，接到市民投诉的香港警察就来了，他们告知部队："原来登报说 9 时后打靶。"

第二天，香港媒体就报道说，解放军"偷步打靶"。紧接着，直升机比预定时间提前升空，也被市民投诉"扰民"。

这年，香港的民意调查显示，驻香港部队的受欢迎程度只有 37%。显然，国际舆论在回归之前所预测的经济萧条、社会混乱的阴霾，并未即刻消除。

这些事情使解放军驻港部队官兵们体会到入"香"随俗，与市民加强沟通的必要性……

1997 年 7 月 12 日，驻港部队航空兵团战士陈建伟进港后第一次外出执行公务，途经狮子山隧道时，前面大货车影响了视线，他驾驶的三菱车跟着货车进了自动收费车道。当时部队进港不久，还没有办理自动收费手续。

回到部队，他立即将这件事上报领导。当天下午，团里就派人带领陈建伟赶到隧道管理处，他们对工作人员诚恳地说："今天我们来，一是道歉，二是补缴隧道费，三是接受处罚。"

隧道管理处工作人员了解实情后，连声说："佩服，佩服，解放军真是文明守纪。"

1998 年，汽车连长李延庆随部队进驻香港，他知道汽车连的任务是"建设一支过硬的红色运输线"。驻港营区实行严格管理，所有物资供给全靠汽车连从深圳补给。刚驻港那两年，跑香港的驾驶员们常能从后视镜里面看见有小车跟着，有 DV 摄像机跟踪拍摄。甚至有一次，有人从窗外就丢进成人色情杂志《龙虎豹》。

连长李延庆说："学法律，学语言，还要学各种突发事件的应付办法，弦时刻都是绷紧的。DV 就在后面一直跟着，如果你的手势没有向外推，明确传递拒绝信号，某个镜头截取下来，就会被歪曲宣传。报关安检，香港警察一边左手在键盘上敲资料来确认，抬头瞥一眼，右手拇指食指一圈，'OK'，一个动作就表达意思了。"

在最初的戒备紧张消除之后，汽车连总结出一套跟香港社会交流的肢体语言，"不是遵纪守法就好了，人家打招呼你不回应，会被认为是解放军没感情没礼貌"。

履行职责

李延庆有次带车过新界一个红绿灯，几个香港人热情万分地过来游说"支持选举"，执意要把印有参选议员头像的宣传画贴在车厢上。

没等香港人开口，年轻的驾驶员就探头出去，温和地回应："对不起，解放军不能干预香港内部事务，交通工具只能用作军事用途，不能张贴宣传品。"

2000 年 4 月，一位香港老人在新田军营内施工时腿被铁架划伤，哨兵梁益勇见状，扶着老人赶到营卫生所。军医精心为他包扎，止血。

老人拉住军医和小梁的手久久不放，说："香港回归前，我在营区里为外国人干活，今天我在这里真正感受到家人般的温暖。"

2003 年 5 月的一天，驻军汽车连班长冯雪峰在路上遇到了堵车，正在疏导交通的警察很快在车队里发现了这辆军车。警察迅速指挥军车后面的车辆停止移动，并引导军车往左侧路肩上行驶。

在香港，执行公务的驻港部队车辆代表的是国家和军队履行职责，在道路拥堵时，引导军车先行是受法律保护的。

然而，冯雪峰却微笑着向香港警察摆了摆手，表示感谢的同时拒绝了其好意。香港警察以为军车司机没有理解含义，于是驾驶警用摩托车开道，示意军车紧跟其后。

带车的干部只好给警察解释："按照香港法律，行驶在路肩上是违法行为，感谢警官的好意，我们还是自觉排队比较好。"

香港警察不禁肃然起敬："还是解放军够自觉。"

2006 年 1 月的某天，驻香港部队士官王巍驾车去九龙营区运送物资，因路线不熟，他试探着向一位货车司机问路。

司机热情指路，看到王巍依然迷惑的神情，便说："你跟着我的车走。"

半个多小时后，货车司机把王巍带到了目的地。小王正想下车表示感谢，可货车司机掉转车头，悄然离开……

2006年9月8日，驻港部队海陆空军400多名官兵在香港枪会山驻军医院排起长长的队伍，他们挽起健壮的胳膊，争相为香港市民无偿献血。

这是驻港部队官兵第九次参加由香港红十字会组织的无偿献血活动。献血者中很多是当年就要退伍离开香港的老兵。血浓于水，驻港部队每年捐献的血液都被无偿送到香港各个医院使用。

2006年10月5日，驻港部队又组成探访团，前往香港黄竹坑安老中心进行中秋探访。

年轻解放军的到来，使得原本宁静的护理安老中心热闹起来。男战士们一下车，就拿起工具打扫卫生。女兵们则为老人们表演了专门编排的文艺节目，她们还准备了中秋礼物，贴上祝福语，写上长者的姓名，一一送到老人的手里。

履行职责

一位叫陈根的老人，年纪太大了，连自己的名字都记不下来，但他连连说："解放军好！"

几位女兵陪老人开起了演唱会，老人点歌，战士唱歌。让人吃惊的是老人们点的都是国歌、军歌或一些爱国歌曲。一时间，安老院中都是国歌的旋律。

"军营开放日"是驻军的经典活动，驻港部队每年组织军营开放日，邀请香港市民走进军营，观看解放军的军事、文体表演。

2007年5月1日，驻港部队开放了赤柱、昂船洲和石岗3座军营，近两万香港市民走进军营，参加了升国旗仪式，观看了侦察兵技能表演、军民文艺演出等节目。

驻港部队还多次组织官兵与香港大学生代表开展文体联谊，也多次为香港青少年举办军事夏令营活动……

部队亲民爱民，市民爱军拥军。两届香港特区行政长官和政府高官多次到驻香港部队军营慰问。中秋节，香港各界中秋探访团都要走访驻香港部队，与驻军官兵一起联欢。香港橄榄球、曲棍球协会还到赤柱军营举办赛事。

同时，驻港官兵更是积极参加香港社会公益活动。截至2007年，他们先后组织5500多名官兵义务植树3万多株，3600多人次义务献血159万毫升，30多次参加香港特区政府组织的节日庆典和文艺演出。

"香港是法制社会"，这句香港电影中经常出现的台词，如今成了驻港部队官兵的"口头禅"。

香港添马舰码头的威尔斯亲王大厦，香港回归后就成为中国人民解放军驻香港部队大厦。大厦重新装修后，最引人注目的就是地下大厅的石壁上，镌刻着的香港驻军法全文，这是一种无声的昭示。

　　除了香港基本法、驻军法，驻港部队官兵需要学习的法律还包括香港现行各种法律中与驻军相关的近百部法律。

　　2007 年 3 月 7 日，驻港部队在昂船洲军营举办香港法律知识竞赛。

　　香港中新社曾报道：

　　　　这次竞赛分为两场，每场有 8 支代表队参加，每支代表队由 4 名驻军官兵组成，分别来自驻军的不同部队。每场竞赛分别设立前三名。

　　　　竞赛题目主要选自《香港特别行政区基本法》、《香港特别行政区驻军法》，以及香港的刑事法律、民事法律、交通法律、环境保护法律等与驻军履行防务职责以及驻军日常生活有关的香港法律知识。

履行职责

　　2007 年的香港民意调查显示，香港市民对驻军的认同率和满意率在逐年上升。

　　香港媒体开始承认：

　　　　平时驻军就像是隐了形，凡举行植树、献血、清洁维港、灾难救援等公益和治安活动，

驻军总是悄悄出现，并作出最大贡献。他们无愧于威武之师、文明之师的称号。

2009 年 7 月 31 日晚，建军节前夕，中国人民解放军驻港部队在中环总部举行招待酒会，庆祝解放军建军 82 周年，特别感谢香港特区政府、香港社会各界长期以来对驻港部队的关心和支持。

全国政协副主席董建华，香港特区行政长官曾荫权，中央政府驻港联络办主任彭清华，外交部驻港特派员公署特派员詹永新，驻港部队司令员张仕波、政委刘良凯出席了酒会。

在酒会上，张仕波说：

进驻香港 12 年来，驻港部队全面建设水平稳步提升，圆满完成了履行防务的各项任务，积极参加香港社会公益活动，与香港社会建立了良好关系，树立了威武文明之师的形象，也始终得到香港特区政府和广大香港同胞的大力支持。

他同时表示：

驻港部队将牢记祖国和人民的嘱托，不辜负香港同胞的期望，一如既往认真贯彻"一国两制"方针，严格遵守基本法和驻军法，积极支持特区政府依法施政，忠实履行香港防务职责，为维护香港长期繁荣稳定作出新的贡献……

驻港部队举行大阅兵

2004 年 8 月 1 日是一个不平凡的日子，解放军驻港部队举行了驻港后的第一次大阅兵。

新中国成立以来，一共进行过 13 次大阅兵，这 13 次阅兵都是在 10 月 1 日，地点也都是在北京天安门广场。中国人民解放军在香港举行阅兵，还是第一次，因而备受港民关注。

包括全国政协副主席霍英东、香港特区行政长官董建华、驻港部队司令员王继堂在内的政府高官、社会名流和众多第二届立法会议员，逾 1.5 万名香港市民，在新界石岗军营亲睹了陆海空三军逾 3000 名官兵参加的队列操演。

为了领到免费参观券，不少香港市民通宵排队，1.5 万张参观券不到两个小时就派发完毕了。

8 月 1 日当天，香港暑气灼人，烈日炎炎。

10 时 30 分，阅兵式开始。雄壮的国歌声令人心潮澎湃，前往观看的嘉宾和市民全体起立，向国旗行注目礼。

驻港解放军司令员王继堂发表讲话。随后，受阅部队分列成不同方队，依次由陆军开始，向驻军领导人、嘉宾台及观众席敬礼致意。

阅兵式上，解放军驻军还邀请了解放军军乐团为到场嘉宾和市民们进行军乐行进奏乐表演。

3000多名受阅官兵分为仪仗队、9个徒步方队、两个装甲车方队和3个空中直升机编队，依次通过检阅台。

"突击英雄连"、"密云尖刀连"、"牛角峰英雄连"、"大渡河连"，一支支战功卓著的英雄连队宛若流动的绿色长城，从历史深处走来。

28辆我国自行研制的新型轮式装甲车组成的两个装甲方队一出场，观众席就沸腾了。威风凛凛的新式装甲车具有良好的装甲防护功能和较强的火力打击能力，配有先进的微光夜视仪，可执行夜间作战任务。整齐的队伍，一致的步伐，如排山倒海，势不可当。

12架国产直升机编成"品"字形梯队，以间隔300米的距离低空通过检阅台，不少观众纷纷起立鼓掌。

当天，有67家中外媒体的200多名记者参加了阅兵式的采访。据事后的报道显示，不少市民反映，大阅兵加深了他们对驻军的了解和信任，他们亲身感受到了驻军威武文明之师的风采。

香港市民亲切地把驻港部队陆军称作"香江劲旅"，海军部队比作"海上雄狮"，空军则是"香港上空的鹰"。

驻军没有让市民们失望。

这次阅兵，驻港部队邀请了香港全体立法会议员观看阅兵仪式。10多名议员以嘉宾身份出席。

民建联主席马力表示：

解放军驻港部队首次在港进行阅兵仪式，显示中央支持香港，与香港市民一起建设、保护香港，致力维护香港的稳定、繁荣。

民主党成员共有9人，主席杨森说：

今日我们被邀请来看阅兵，是一个友善的开始。为表达诚意，我们非常乐意参加。驻港部队的气势很好。

驻港部队发言人冯巍上校说，为庆祝中国人民解放军建军77周年的这次阅兵仪式，展示了驻港部队的作风纪律和精神风貌，进一步加强香港市民对驻军的理解和支持。阅兵同时将激励驻港部队官兵以爱国奉献精神，为维护香港的繁荣稳定作出更大贡献。

8月1日当晚，驻港部队还在港岛中环总部举办了"八一"招待会，广邀特区政府、中央驻港机构的官员、中资机构主要负责人，以及香港各界人士参加庆祝活动。

驻港部队举行军事演练

2005 年 8 月，往日美丽的维多利亚港波涛汹涌，风高浪急，一场强台风即将袭港。应香港特区政府的邀请，驻港部队与美国等其他 7 个国家和地区的军队，参加了由特区政府组织的海上空难联合搜救演习。

随着指挥员一声令下，驻港部队的直升机如鹰隼般腾空而起，在离海平面 40 米的高度俯冲、跃飞、盘旋，做着各种高难度的扇面和蛇行搜索动作。

报告指挥官，发现目标！

演习进行至 37 分钟时，驻港部队参演直升机根据对洋流、潮汐、风向的准确测算，提前发现目标，第一时间报告准确位置。

见此场景，参加演练的美军指挥官兴奋地喊道："Excellent！（漂亮！）"

2008 年 10 月 31 日，中国人民解放军驻港部队圆满完成代号为"盾牌–7 号"的联合实兵演习，这是驻港部队首次举行以防卫作战为主题的三军联合实兵演练。

此次演习自 29 日开始，31 日在香港西北部一处演习场及相关海空域圆满结束。

履行职责

演习构想了强敌介入、三军联合和敌我对抗的演习条件及复杂电磁环境，重点演练了防卫作战的组织筹划、力量运用、指挥控制和行动战法等，主要进行了战备等级转进、联合兵力投送、联合火力打击和城区作战、山地作战的组织实施。

12 年来，驻港部队虽前后 17 次举行开放日活动，但让身怀绝技的侦察兵们走上前台，在"枪林弹雨"中穿越"生死线"，接受香港大学生的"检阅"，却还是第一次。

2009 年 5 月 31 日下午，香港石岗军营内枪声大作，24 名侦察兵突然现身，冒着"枪林弹雨"，展开突击。连续通过 21 个障碍，战士们展现的是对意志、体力与心理的多重极限的挑战。

来自香港 8 所大学的 36 位大学生，作为"未来之星同学会"的代表，不禁为战士们的虎虎生气折服。官兵们超体能极限的战术技能，令香港学子惊叹难忘，纷纷与官兵合影。

"请大家找一找我们的侦察兵藏身何处。"来到训练场边，部队官兵向大学生们发问。

"哪里有人啊?"望着面前的草地、树林，同学和记者们都面面相觑。

随着一声爆炸声响，侦察兵们突然从树上、地下现身。身穿迷彩服、面涂油彩的战士们背负枪械攻克 20 余处障碍，其间穿越火障、跨越滑桥、潜滩暗渡，更肩扛

100公斤的圆木进行200米极限冲刺。

为了效果逼真，官兵们特别使用了真枪实弹。虽然弹药分量有所减少，但现场冲击波却依然威力惊人。

"太震撼了！爆炸的冲击力犹在耳旁。"来自树仁学院的毕业班同学李陵说。

"解放军的动作太厉害了，简直比香港警务'飞虎队'还棒。"同样来自树仁学院的陈海洋惊叹连连。不少同学在与侦察兵们合影时更高高竖起大拇指。

参观石岗军营之前，由"未来之星同学会"主席、香港《文汇报》副社长韩力率队的大学生们，先来到中环军营，参观驻军军史馆，了解解放军进驻香港的过程，以及驻军的历史功绩。随后，同学们又与驻港部队司令员张仕波少将等合影。

同学们在石岗军营内观看三军仪仗队分列式表演；在军营宿舍向战士们学习将被子叠成"豆腐块"；与官兵们共进晚餐，品尝战士们的厨艺；又共同举行联谊晚会。所有这些，都让香港大学生们感触到驻港部队官兵们不同的侧面。

城市大学的邱世邦说："我是第一次进入驻港部队军营。与从前想象不同的是，与官兵们的接触让人感到轻松平易。"

岭南大学的招成昌说："我头一次了解驻港部队陆、海、空军的历史，愈加感到人民军队的威武。"

大学生李陵说："以前都是通过媒体来认识驻港部

履行职责

073

队，但今天走进军营，与这么多英姿飒爽的军人近距离接触，非常开心，也有一些感动，自己为国家有这么好的军队深感骄傲。"

驻港部队副政治委员张志国说："参访联谊活动，可以增进驻军与香港大学生们相互间的了解和友谊，更可以增进和加深香港年轻人对解放军和祖国的认识。"

举办青少年军事夏令营

2005 年 7 月 20 日，应香港同胞、社会团体的要求，"首届香港青少年军事夏令营"活动，在中国人民解放军驻香港部队正式开营。

此次军事夏令营活动以培养青少年热爱祖国、了解国防为主题，来自香港 84 所学校的 100 名学生，将在这里度过为期 11 天的军事夏令营生活。

7 月 20 日 10 时，开营典礼在驻香港部队仪仗队举行的升国旗仪式中开始。

中央人民政府驻港联络办公室主任高祀仁，外交部特派员公署特派员杨文昌和驻香港部队司令员王继堂、政委刘良凯，全国政协副主席董建华、夫人董赵洪娉，香港特别行政区行政长官曾荫权、夫人曾鲍笑薇及香港特区政府部分官员出席典礼。

董建华夫人董赵洪娉女士倡议举办这次活动，并任夏令营名誉主席。活动由中国人民解放军驻香港部队和香港特别行政区政府教育统筹局、香港军民同乐活动筹委会及香港青少年"德育关注组"共同举办。

履行职责

这类活动在香港尚属首次，解放军亦是首次开放训练场地和官兵宿舍，供香港居民使用。

香港特区政府教育统筹局负责选拔学生，香港每个学校可提名不多于 3 名品行优良、具有良好体能以及普通话流利的男学生。学生报名十分踊跃，共收到 292 份申请，从中精选出 100 人。

这次夏令营活动的内容除队列、拳操、体能军事课目外，还安排了国防、历史、地理知识讲座和参观军营，观看电影等丰富多彩的文体活动，课程完成后将颁发结业证书。

驻香港部队选调了军政素质优良的官兵担任训练教官和服务保障人员，并根据香港市民的饮食习惯，制定了食谱。夏令营期间，青少年学生将按照中国人民解放军有关条令条例的规范，度过紧张的军事生活。

7 月 30 日，为期 11 天的"首届香港青少年军事夏令营"活动，在解放军驻香港部队军营圆满结束。

全国政协副主席董建华、外交部驻港特派员杨文昌、驻港部队司令员王继堂、中央政府驻港联络办副主任郑坤生和董建华夫人董赵洪娉、香港特区行政长官曾荫权及夫人曾鲍笑薇，以及特区政府部分官员出席了在驻军军营举行的结业典礼。

王继堂在结业典礼上致辞时，对同学们在夏令营中的优异表现感到十分高兴和赞赏。他看到，通过夏令营，同学们既增长了知识，又磨炼了意志，更加增强了体魄。

王继堂说：

为同学们举办此次夏令营活动的目的是希

望他们学军事、长知识、锤炼意志；爱祖国、爱香港、共创未来。希望同学们将在夏令营中的所学、所思、所见、所闻，转化为热爱祖国、报效祖国的强大动力。

在总结这次夏令营的生活时，许多同学都表示，通过 11 天的训练和学习，对国家和人民军队都有了更深的了解，增强了爱国爱港的意识，并学到了军事国防知识。

全体学员们还向到场的嘉宾、校长、老师和家长们展示了他们的训练成果。唱军歌、队列行进和军体拳表演，博得现场阵阵掌声。

2006 年 7 月 20 日，香港又举行了第二届"香港青少年军事夏令营"活动。这是继 2005 年后第二次举办这类活动，驻港部队再次开放训练场地和官兵宿舍，供香港居民使用。

香港每个学校可提名不多于两名品行优良、具有良好体能以及普通话流利的中三及中四男学生，经过筛选之后，将有 155 名学生在此度过为期 11 天的军事夏令营生活。

夏令营筹委会主席田北辰说：

今年办营的目标是希望通过军事夏令营活动，使学员进一步增强国家和民族意识，树立国防观念……为建设香港报效祖国做好准备。

履行职责

与 2005 年不同, 2006 年的军事夏令营将刻苦的要求提升, 体能锻炼及军事训练项目难度也相应提高, 务求学员更能体验军人的生活。

11 天过后, 第二届"香港青少年军事夏令营"在解放军位于香港新界粉岭的新围军营举行结业仪式。

夏日雨后, 空气清新, 骄阳仍被云层遮挡, 数百位香港市民参加了结业仪式。

因为对第一届"香港青少年军事夏令营", 社会各界反响强烈, 2006 年入营学员又增加到 150 人, 训练课程也更加艰苦。

学员郑献是来自香港道教联合会青松中学的中四学生, 从小就想体验军营生活, 这次能够获得参加军训的机会, 他感到很开心。

但真正的军营生活远非郑献想象中的那样轻松, 他说: "尤其是步操训练, 在盛夏的太阳下暴晒, 当我快坚持不住的时候, 真的想退出。然而, 想到参加这样的活动, 就是为了磨炼自己的意志, 于是告诉自己一定要挺住。"

尤其令郑献难忘的, 是 28 日到青山进行 8 公里徒步行军, 行到山顶时, 突然风雨大作, 衣服、靴子全都湿透, 虽然很辛苦, 但 200 人一起在大山里行走, 却是从未有过的体验。

从小未曾离开家, 未曾离开父母亲, 艰苦的军营生活让郑献特别想家。入住军营第三天，他利用晚上自由活动时间，悄悄和妈妈通了个电话，告诉妈妈军营里一切都好，教官们的照顾非常周到，请妈妈不要挂念，但说起从未体验过的艰苦，却忍不住哭了。

郑献的妈妈回忆起当天的情景，仍非常激动，她告诉记者，当时非常担心孩子在军营里的生活，如今看到儿子虽然晒得黝黑，但变得成熟、坚强，打心眼里高兴。

当天的结业典礼上，学员们列队唱歌，并表演军体拳及步操，虽然只经过短短 11 天的训练，但都有板有眼、步伐整齐，比起开营时大有进步。家长们纷纷起身，对子弟们的优异表现，不时报以热烈掌声。

学员陈卓铿的父亲在谈到儿子的表现时，显得特别高兴，他认为孩子参加夏令营的最大收获，就是适应有纪律的集体生活，可以学习解放军的刻苦精神和坚强意志。

学员曾志华的夏令营生活有一个最直接的收获，就是真的使自己的腰杆挺起来了。他告诉前来采访的记者："以前走路有点习惯性弓腰，在夏令营期间，教官告诫我要收腹挺胸，'腰杆挺得笔直'，经过 11 天的训练，我现在已经彻底改变了坏习惯。"

驻港部队副司令员董文久表示：

　　学员们通过夏令营生活，学习知识，增长才干，磨炼意志，打造体魄，显示了军事夏令

营的强大生命力和广阔前景，相信今后会越办越好。

夏令营筹委会主席田北辰对学员们面对比上一届更艰苦的训练课程和更炎热的天气，仍坚持完成每一项学习、考验及锻炼，表示赞赏。

2007 年 7 月 15 日，从层层选拔中脱颖而出的 200 名香港中学生走进解放军驻港部队军营，参加为期 15 天的第三届"香港青少年军事夏令营"。

在 7 月 9 日的新闻发布会上，驻港部队新闻发言人程东方介绍："参训人数增至 200 名，并首次招收 50 名女学生。希望这些香港青少年能够通过此次活动更多了解祖国和中国人民解放军……"

驻港部队为了办好夏令营，选调了素质优秀的官兵担任训练教官，并进行了专门培训。由于首次招收女学生，驻港部队还特别挑选了女士官担任女生班班长。此外，驻港部队的医生还将配合筹委会派驻的香港医生，担负起夏令营的医疗保障任务。

7 月 14 日上午 200 名香港青少年在解放军驻港部队新围军营操场上齐声宣誓：

我自愿参加"香港青少年军事夏令营"……为装备自己、服务社会、贡献国家而不懈奋斗。

首次参加军事夏令营的女生，在 15 天的军营生活中，有机会接受 3 次规格等同解放军的射击训练。经过多日训练，同学们的表现有很大提升。

令人惊喜的是，首次参与夏令营的女同学，在实弹射击的计分考验中即表现优异。17 岁的黄诗琪在训练时 10 枪有 9 枪击中目标，被军官赞为"女中豪杰"。

18 岁的男学员李建城回忆起实弹射击考验时说："发第一枪时，我被枪声吓呆了！"后来他镇定下来，想起教官在理论课的讲解，慢慢能瞄准目标，且愈发有信心，5 发子弹 3 发命中目标，成绩不俗。男孩子坦言，10 多天训练让他学会了坚持，李建城兴奋地表示："回去一定要和朋友分享这经历！"

2008 年，第四届"香港青少年军事夏令营"如期举行。10 时 30 分，驻港部队仪仗队举行升旗仪式，拉开了第四届开营仪式的序幕。

中央政府驻港联络办主任高祀仁，外交部驻港特派员吕新华，驻港部队司令员张仕波和政委刘良凯，香港特区政府教育局局长孙明扬，前行政长官董建华夫人董赵洪娉，行政长官曾荫权夫人曾鲍笑薇等参加了开营仪式。此次活动由张仕波、刘良凯与董赵洪娉共同担任夏令营名誉主席。

张仕波在发言时，对参加夏令营的香港青少年说：

履行职责

这是一次难得的人生历练，希望同学们能够通过参加夏令营活动，更多地了解祖国和军队，增加国防知识……

夏令营筹委会主席李宗德也鼓励同学们说："历届参加的青少年经过 10 多天的训练，无论在体能、行为还是品格上都有脱胎换骨的表现，也希望本届同学好好把握这个'一生难忘、终身受用'的机会。"

学员梁文仪表示："从小到大我们都像是温室里的植物，但在这次夏令营中将把握机会训练自己坚持不懈的精神。爸爸妈妈请不要担心，要对我们有信心，两个星期后在结业典礼上见时，你们一定能看到孩子长大了、成熟了，更让你们引以为荣。"

至 2008 年，驻港部队已连续举办 4 届"香港青少年军事夏令营"活动，均获得了圆满的成功……

严格遵守部队轮换制度

"兵马未动，法律先行"，在我军的历史上，驻香港部队是一支与法律有着不解之缘的特殊部队。

1990 年 4 月，根据邓小平"一国两制"的构想，《中华人民共和国香港特别行政区基本法》，把中国政府在香港驻军这一原则立场上升为国家意志，用法律的形式固定下来。

1996 年 8 月，中央军委对驻军法草案进行了研究。两个月后，各相关部门又在深圳召开座谈会，征求香港地区的法律界人士以及香港大律师公会和律师会的代表的意见。

1996 年 12 月，八届全国人大常务委员会第二十三次会议以高票通过了《中华人民共和国香港特别行政区驻军法》。

《驻军法》中明确规定：

香港驻军由中华人民共和国中央军事委员会领导，其员额根据香港特别行政区防务的需要确定。

香港驻军实行人员轮换制度。

至 2008 年，香港驻军已经圆满完成了 11 次轮换。每次轮换行动都是依据《中华人民共和国香港特别行政区驻军法》关于"香港驻军实行人员轮换制度"的规定和中央军委的命令进行的。

驻港部队陆、海、空三军的部分建制单位、装备每年 11 月轮换一次，轮换进出港的部队架构完全一致，轮换结束后，驻港部队在香港特区内的部队员额和装备数量，也与轮换前保持一致。

2000 年 11 月 28 日零时整，香港落马洲口岸灯火通明，最后一辆货柜车匆匆通过关口。

这时，一辆辆军车从深圳方向疾驶而来，驻港部队第三次轮换行动正式开始。

10 多辆军绿色的吉普车开路，紧随其后的是近百辆大卡车，一辆辆威风凛凛的装甲车殿后。这是驻港部队的陆军分队和空军地勤部队。他们一通过口岸，便迅速分赴各个有关军营。

陆军分队之所以选择在凌晨进驻香港，主要是想避开交通繁忙时间，尽量不扰民。

零时 30 分，一队军车驶进驻港部队新围军营，准备轮换离港的战士们在路边用热烈的掌声欢迎新战友的到来。这年 6 月被中央军委授予"驻港部队模范红二连"的"大渡河连"就轮换进驻这个军营。

15 分钟之后，新老战士们精神抖擞地在操场上列队，进行了简单而隆重的防务交接。王玉发政委站在队伍前，发表了简短的讲话。他说:"部队轮换是驻港部队依法治军、从严治军的实际行动,有利于展示我军遵纪守法的形象,取信于港人,同时也是全面锻炼部队的重要措施和加强部队思想政治建设的一项特殊要求。"

王玉发接着说:"进港的部队和轮换出港的部队都要认真落实江主席有关加强驻港部队建设的一系列指示,特别是要大力发扬驻港精神。不管在港内还是在港外,使命是共同的,都要实践好'一国两制'方针,维护好香港的长期繁荣稳定,保卫香港特别行政区的安全。"

接着,步兵旅的负责人高声说:"希望大家按照上级的指示,认真贯彻落实,把各项工作抓得扎实、更上一层楼。大家有没有信心?"

"有!"战士们的回答整齐、有力。

9 时 45 分,太阳跳出来,驱散了一直弥漫在驻港部队石岗机场上空的大雾。

远处传来一阵轰鸣声,接着看到 6 个黑点。黑点越来越近,越来越大,那是从深圳方向飞来的 6 架"直 9"直升机。它们准确地降落在机场的指定位置。半小时后,轮换出港的 6 架直升机也从这里起飞,返回广州基地。

11 时,一艘香港水警轮在前开路,驻港部队 3 艘军舰威武地驶进维多利亚湾,转入昂船洲海军基地。军舰上挂满旗帜,水兵们英姿飒爽地列队站在甲板上。

15 分钟之后,水兵们踏上了香港的土地。经过在深圳基地一年紧张刻苦的训练,他们今天已经成为合格的

履行职责

驻港军人，像那些轮换出港的官兵一样，来履行香港特区的防务职责。

2004年11月25日，中国人民解放军驻香港特别行政区部队陆、海、空三军部分建制单位及装备，当天完成第七次正常轮换。

解放军驻港部队司令员王继堂中将说："这次轮换行动是驻港部队依法治军、依法驻军的具体体现，有利于展示驻军遵纪守法的形象，也有利于提高官兵的素质，更好地履行所担负的使命。"他指出，"本次轮换出港的陆、海、空三军官兵及退出现役的士兵，在驻守香港期间完成了各项任务，经受了各种考验，为祖国和人民交上了合格的答卷"。

驻港部队发言人冯巍上校在这一天就驻香港部队部分人员轮换发表谈话。他说："香港驻军的部队轮换、退役士兵离港和新兵进港行动，得到了香港特别行政区政府有关部门的通力合作与大力支持，驻军对此深表感谢。"

随后，王继堂与即将离港的驻港部队海军舰艇大队官兵握手告别。

当天，中国人民解放军驻港部队直升机大队轮换交接仪式在香港石岗机场举行；海军舰艇大队从香港维多利亚港驶入，进驻香港昂船洲海军基地；前来轮换的驻港部队陆军分队从深圳皇岗口岸进入香港落马洲口岸。

2006年11月25日，根据《香港特别行政区驻军法》

和中央军委的命令，解放军驻港部队陆、海、空三军部分建制单位及装备，顺利完成了进驻香港后的第九次正常轮换。

11 月 25 日 11 时 20 分许，昂船洲海军基地水面微澜，悬挂着彩旗的 770 号导弹护卫艇和一艘登陆艇，在迎宾曲中缓缓驶入军港。午后，轮换出港的一艘导弹护卫艇和一艘登陆艇返回内地基地。舰艇在驶出军港时鸣响了汽笛，向基地告别，向香港致意。

25 日零时，轮换进港的陆军官兵在香港警队的引领下，分乘通讯车、装甲车、卡车率先通过落马洲口岸，分赴各相关军营。轮换出港的陆军分队和空军地勤人员，先后通过落马洲和皇岗口岸返回深圳。

10 时 10 分，驻军航空兵一个飞行大队 6 架"直 9"直升机飞抵石岗空军营地。交接后，出港的 6 架直升机依次起飞，排成"品"字形在军营上空绕场一周，返回内地。

2007 年 11 月 25 日，解放军驻香港部队陆、海、空三军部分建制单位和装备从 25 日凌晨开始进行第十次大规模正常轮换。25 日轮换的单位，包括驻港部队部分陆军分队、海军舰艇和空军直升机大队。

从广州驻地起飞的 6 架直升机组成的编队上午 9 时 40 分抵达石岗空军营地；交接后，出港的 6 架直升机依次起飞，排成"品"字形在军营上空绕飞一周后返回内地。至此，解放军驻港部队陆、海、空三军部分建制单

履行职责

位及装备顺利完成进驻香港后的第十次正常轮换。

在各军营，进出香港部队均进行了交接仪式，整个轮换行动井然有序。

共和国的历程·神圣卫士

驻港部队发言人程东方上校就驻港部队部分人员轮换发表谈话，说："感谢香港特区政府和广大市民给予的大力支持与合作。"他说："部队轮换后，解放军驻港部队在香港特别行政区辖区内部队的员额与装备数量同轮换前没有变化。"

轮换进港的官兵们也表示，他们将严格遵守基本法、驻军法和香港特区的法律，忠实履行职责，为维护香港的长期繁荣稳定作出贡献。

2007 年，在驻港部队位于香港中环的军营里，第三任驻港部队司令员王继堂和政委张汝成接受了《广州日报》记者独家专访。

当记者希望王继堂对之前带内地部队和现在带这样一支在资本主义制度下履行防务的部队，谈一下个人体会时，王继堂诚恳地说："这个部队和我之前所在的野战军和省军区都不一样，是一支特殊部队。"

关于香港驻军的特殊性，王继堂说："首先是社会环境特殊，驻军进驻香港，香港是实行资本主义社会，又是高度法制化的社会；其次是编制部署特殊，驻军是陆海空三军合成的特殊部队，我之前没有在海空军工作过，需要学习了解海空军专业知识；三是使命任务特殊，驻港部队担负香港防务的特殊使命，是贯彻落实'一国两制'伟大方针的实践者。"

王继堂接着说："第四是政策制度特殊，实行轮换制，基层官兵每年都要轮换一次，机关的军官在港内的正常服役时间是3至6年，满6年必须轮换出港，从内地部队选调干部来轮换，这个情况只有驻香港和澳门部队有。最后一点是军地关系特殊，我们和特区政府的关系是既互不隶属、互不干涉，又有相互尊重、相互支持。"

政委张汝成也说道："在香港驻军最大的不同，是我们在'一国两制'条件下驻军，也就是在资本主义制度下驻军治军。社会环境不同、法制环境不同、使命任务不同、编制体制不同、法规制度不同，政治上的要求要更高，素质上要更好，纪律上要更严，这是最大的不同。"

他们表示，既不干预特区政府施政，又要维护香港的繁荣稳定。驻军各级领导干部会率先垂范，以自身的良好形象带领部队履行防务职责。

2008年12月23日，经中央军委批准，中国人民解放军驻香港部队对部分陆海空军官，进行了进驻香港后的第十次轮换。这次军官轮换工作结束后，驻港部队的人员总数没有发生变化。这批圆满完成香港防务职责的军官下午依依惜别香港，轮换到内地部队任职。

履行职责

驻港部队当天13时许，在新围军营举行仪式，为轮换出港的军官送行。

驻港部队司令员张仕波、政委刘良凯对轮换出港的军官为驻军作出的贡献表示感谢，并与他们一一握手，祝愿他们在新的工作岗位上做出新的成绩。

"这几年我见证了香港的发展和繁荣，留下了许多美好的回忆。"来自广州军区机关的赵卫国中校说，"虽然离开了，但我还会一如既往地关注香港，真心祝愿香港市民的生活越来越好。"

空军飞行员傅强在驻港部队工作了4年。"在港期间，我开阔了视野、增长了见识，在落实'一国两制'方针的实践中得到锻炼成长。"他说，"一定把驻港部队的好传统、好作风带到新的岗位，再创辉煌。"

14时，轮换出港军官乘坐的车队在香港警方的协助下，依次通过香港落马洲口岸和深圳皇岗口岸返回内地。

2008年11月25日零时至12时，解放军驻港部队第十一次建制单位轮换的陆、海、空三军分别从陆路、海路、空路进入香港，顺利完成了轮换。

25日零时，驻港陆军部队和空军地勤部队从落马洲口岸进入香港，官兵分别乘坐吉普车、卡车、装甲车，整齐有序地通过口岸，分赴驻军在港的各军营，接替即将轮换出港的部队履行防务。

驻港部队司令员张仕波少将、政治委员刘良凯中将25日凌晨来到新围军营，出席了在这里举行的陆军部队轮换交接仪式。

张仕波少将在仪式上说：

自 1998 年首次建制单位轮换以来，每年 11 月下旬，驻军都要按计划进行轮换行动，这是驻军落实《驻军法》有关规定的实际行动，也是依法驻军的具体体现。同时，人员和装备的轮换，也有利于进一步提高驻军履行香港防务职责的能力。

张仕波强调：

进港官兵继承、弘扬驻港部队的优良传统和作风，为驻港部队又好又快地发展，为维护香港长期繁荣稳定作出积极贡献。

9 时 55 分，由 6 架"直 9"型直升机组成的空军部队进港编队，降落在驻军石岗机场，接替即将轮换出港的空军直升机编队。10 时 20 分，空军出港编队的 6 架直升机从石岗机场起飞，离开香港。

12 时，海军部队 772 导弹护卫艇编队缓缓驶入驻军海军基地昂船洲码头，接替即将轮换出港的 770 导弹护卫艇编队。14 时，海军出港编队从昂船洲码头出发，离开香港。

至此，解放军驻港部队陆、海、空三军第十一次换防全部完成。

中国人民解放军驻港部队每年还要轮换部分陆海空

履行职责

军官回内地工作。据了解，从全军选调到驻港部队工作的陆海空军官，需经广州军区训练基地培训后，才能抵达香港执行防务，并接替前任军官的防务职责。

实行干部轮换交流制度是基本法、驻军法的规定。这批军官在港期间忠实履行职责，认真贯彻"一国两制"方针，坚持依法、从严治军，做到文明守法、爱岗亲民，圆满完成了各项防务职责，为香港的繁荣稳定作出了贡献，受到了香港同胞和社会各界的高度赞誉。

胡锦涛通令嘉奖驻港部队

2007 年，中华人民共和国中央军事委员会主席胡锦涛签署通令，嘉奖中国人民解放军驻香港部队。

通令中指出：

　　10 年来，驻港部队坚持把思想政治建设摆在首位，坚定不移地用党的创新理论武装头脑、凝聚军心、指导工作，坚决贯彻党中央、国务院、中央军委的决策指示，保持人民军队的政治本色，牢牢把握驻军建设的正确方向；坚持狠抓战斗力建设，大力加强战备工作，扎实开展军事训练，周密组织后勤和装备保障，履行防务的能力不断提高；坚持依法从严治军，认真贯彻落实《中华人民共和国香港特别行政区基本法》和《中华人民共和国香港特别行政区驻军法》，严格按照条令条例管理部队，充分展示了威武之师、文明之师的良好形象；坚持从驻军实际出发，努力探索和适应特殊环境下治军特点规律，始终保持部队的高度稳定和集中统一；坚持全心全意为人民服务的宗旨，尊重特区政府，热爱香港市民，积极参加社会公益活动，自觉维护公众合法

利益，增进了驻港部队与香港社会的相互了解和信任，为香港繁荣稳定作出了突出贡献。

自从人民解放军进驻香港以后，坚持以党的创新理论为指导，模范实践"一国两制"伟大构想，严格遵守香港基本法和驻军法，大力弘扬听党指挥、服务人民、英勇善战的优良传统，努力塑造威武之师、文明之师的良好形象，经受住了复杂环境的严峻考验，向党和人民递交了一份合格的答卷。

"一国两制"条件下驻军治军，在我军历史上是一个新课题。胡锦涛强调：

> 要积极探索在特殊条件下驻军、治军的特点和规律，严格要求、严格管理，不断推动部队各项建设的创新发展。特殊的社会环境、特殊的政治要求、特殊的使命任务、特殊的编制体制、特殊的管理模式、特殊的轮换制度和特殊的保障方式，客观上要求驻军党委必须把探索规律、创新发展作为重要工作指导，作为提高领导能力的基本途径，作为推动部队科学发展的重要手段，不断增强工作的主动性和科学性。

让紫荆花在和平的阳光下开得更加鲜艳，是驻港部队的使命，也是香港民众的心愿。

四、 驻防风采

● 刘镇武爽朗地说："我们进驻香港后，坚持依法治军，依法执行职责，我们要让祖国人民和香港同胞放心、满意。"

● 魏品凤说："作为一名驻港部队退伍军人，我和香港有很深的情缘……"

● 侯玉娟说："驻港部队是一个大熔炉，让我对军人这个词有了更深的理解和认识。"

驻港三军首长谈驻防

一支精锐的部队必然有一群优秀的统帅，解放军驻港部队几任司令员，都是文武双全、智勇双全的将领。

驻港三军主帅对驻军香港都有着切身的体验。

驻香港部队首任司令员刘镇武，任职期是 1997 年 7 月 1 日至 1999 年 3 月。

刘镇武上将于 1997 年 7 月中国政府恢复对香港行使主权时率部进驻香港，任驻港部队司令员、党委副书记。

早在 1995 年 11 月，江泽民在深圳视察了组建中的驻港部队，详细询问了官兵的学习、训练和生活情况，亲笔题词：

保持人民军队本色，维护香港繁荣稳定。

驻港部队的组建，就是按照江泽民提出的"政治合格、军事过硬、作风优良、纪律严明、保障有力"的总体要求进行的。

谈起一年来的体会，刘镇武坦诚地说：

最深刻的感受，就是亲眼目睹、亲身感受到了邓小平提出的"一国两制"的方针在香港获得成功实践。从香港的平稳过渡、顺利回归，以及一年来的实践，已经可以清楚地看到这个决策不仅赢得了600多万香港人民和12亿中国人民的拥护，而且也得到了全世界的赞赏。有幸在香港亲自实践邓小平提出的"一国两制"的方针，为香港的繁荣稳定作出贡献，我们全体官兵的确感到无上光荣。

据刘镇武介绍，部队进港后，为进一步熟悉有关的法律知识，提高依法履行职责的能力，首先是学习《基本法》，其次认真学习《驻军法》，提高依法履行职责的能力，再次是学习香港法律，适应香港法制社会的要求，还要遵守香港特别行政区的法律。因此，驻军要履行法律职责，就必须熟悉和掌握香港的有关法律。

"为了学好有关法律，驻军除了授课学习外，还搞了法律知识比赛，有些条文，官兵们还可以背诵呢！"刘镇武夸起兵来，自豪之情从心底发出，不愧是带兵的人。

回首过去的一年，他爽朗地说：

驻防风采

    我们不但按法律办事，而且严格执行军队的条令条例、纪律及军委总部的规定，按照从严治军的方针，维护纪律严明的形象。如果出现涉法纠纷，我们严格依法办事。总之，我们进驻香港后，坚持依法治军，依法执行职责，我们要让祖国人民和香港同胞放心、满意。

展望未来,刘镇武充满信心地表示,驻港部队将继续按照中央军委指示依法治军,认真履行保卫香港安全和稳定的崇高职责,让香港这颗东方明珠更加光辉灿烂。

驻香港部队第二任司令员熊自仁,任职期为1999年3月至2003年1月。

熊自仁中将于1994年调任解放军驻港部队政委。1999年任解放军驻港部队司令员。

熊自仁按照江泽民"五句话"的要求,为铸造一支"威武之师,文明之师",和原司令员刘镇武一道,向部队提出了"使命重于泰山,纪律重于生命,形象代表国威军威"的庄严口号。

军营里到处可看到"只争朝夕,不辱使命"8个大字。全体官兵学习和训练的热情高涨。他们把黑天当白天,雨天当晴天,一天当两天,争分夺秒,士气如虹。部队表现出的高素质、高水平堪称全军乃至世界一流。"威武之师,文明之师",名不虚传。

1999年3月23日,当广州军区司令员陶伯钧上将专程抵达香港宣布中央军委江泽民主席关于驻港部队领导人调整的命令后,香港特区行政长官董建华设宴祝贺熊将军履新,特区政府主要官员出席了晚宴。

新任驻香港部队司令员熊自仁将军表示,香港驻军将一如既往地依照基本法、驻军法履行神圣使命,处理好与香港特别行政区政府的关系，为香港的长期繁荣稳定作出应有的贡献。

驻香港部队第三任司令员王继堂，任职期为2003年1月至2008年1月。

王继堂中将对自己来驻港部队，感到很光荣。但是也感到担子很重，因为驻港部队是一支特殊的部队，所以使命神圣，责任重大。

针对香港社会制度的特殊性，王继堂上任后，驻港部队开始推行"条例法规月"活动，每月上好一堂法制课，每周组织一次条例学习。这既强化了官兵遵纪守法的意识，也使大家熟悉掌握了各种法律法规。

1964年，18岁的王继堂考入解放军测绘学院，从他走进校门的那一天，就成了一名军人。在王继堂40年的军旅生涯中，他曾经参加过两次作战，先后三次荣立三等功。

在驻港部队进驻香港之后，与特区政府一直是"互不隶属，互不干预"，但是又相互信任，相互支持的关系。为了与特区政府和市民建立良好的关系，驻港部队每年都要定期与特区政府进行非正式座谈，及时处理需要解决的问题。先后组织13次军营开放，接待香港市民20多万人次，多次组织官兵与香港大学生开展文体联谊活动。从2005年开始，驻港部队和特区政府有关机关联合推出一项为期10多天的香港青少年军事夏令营活动。

王继堂说：

驻防风采

他们用他们所学到的东西进行表演，向学校的老师和家长们汇报。老师们和家长们非常高兴，而且通过这个活动，这些青少年和我们的官兵建立了很深厚的感情。他们走的时候都是抱头痛哭，不愿意离开。

在香港刚回归之际，香港的主流媒体对驻香港部队的认可程度和满意程度作过社会调查和民意调查。当时，只有37%的香港人表示赞同或认可。这种调查每年都搞，2008年的调查显示，市民对驻香港部队的认同率已经高达93.7%，对驻香港部队的满意率达到了71%，这是一个很高的比率了。可以说驻香港部队通过10年的努力，在香港市民心中树立了良好的形象。

王继堂说：

一批又一批官兵打下了很好的基础，实际在他们这个基础上我们驻港部队才能够前进，才能够发展。那么我也同样有这个责任要不断地打牢驻港部队建设的基础，为后来人创造一个很好的发展的条件。这几年工作我应该讲，感谢我们驻港部队的全体官兵，他们为驻港部队的建设作出了很多的贡献，也感谢香港特区政府、香港政府的各界人士和香港市民对我们驻港部队的理解支持和帮助。

很多人都羡慕驻香港部队的官兵，因为他们在最繁华的都市，领略最绚烂的生活，殊不知在驻香港部队中，这群血气方刚的年轻人，为了香港的安定繁荣，要更加严格要求自己。

其实，这些战士们，在王继堂的眼中都是孩子，但是为了香港的稳定和繁荣，他时刻鞭策官兵们，用职责保卫家园。

驻香港部队第四任司令员张仕波少将，从 2008 年 1 月开始担任该职。

除每年组织三军联合军演、反恐维稳演习、海空巡逻、抢险救灾等，部队还与特区政府共同组织海空难搜救演习、军警联合救援演练，增强执行多样化军事任务的能力。

总结这支曾受中央军委通令嘉奖的部队的成绩，张仕波认为主要体现在五个方面：

1. 始终把思想政治建设摆在首位；2. 始终围绕使命任务，大力加强军事训练；3. 始终坚持依法从严治军；4. 始终坚持服务部队建设的原则；5. 始终严格执行《基本法》、《驻军法》等。

经过 12 年"长考"，成为"香江保护神"的驻港部队，威武、文明、亲民之师的良好形象已深植港人心中。

魏品凤的中国心香港情

1990年3月，年仅19岁的魏品凤从湖南省保靖县应征入伍。这个山里娃味道十足的"新兵蛋子"无论如何也不会想到，在他的军人生涯里，会有机会到香港当兵，成为"一国两制"的践行者。这次经历，使他的心中留下了一段刻骨铭心的"香港情"。

从入伍那刻起，魏品凤就从严要求自己，各项业务技能都是拔尖。1992年，他被送入军校学习，1995年军校毕业后，被任命为广西军区某团三连的一个排长。

1996年年底，广西军区上级派人到全区范围内挑选两个排长调入驻香港部队深圳基地，魏品凤高兴得几晚都没睡着觉，对自己来说，能加入驻港部队是一件多么荣耀的事情！

一切都是那么顺利，身高1.75米的他以过硬的政治、军事素质和良好的形象被军区选中，1997年1月调入驻港部队深圳基地教导团某连任排长。

当年的驻港部队深圳基地是一个人才与物资的大本营，是为即将进驻香港的部队提供人员供应和物资支持。能来到这里，基本上可以说有一只脚已经踏入香港了。魏品凤与其他战士一样，天天都想着能成为首批进驻香港的中国人民解放军军人。

由于驻港部队深圳基地离香港很近，几乎就是隔桥相望，只要是天气好的夜晚，魏品凤就与几个玩得好的战士爬上深圳基地总部 29 层高的大楼顶，从那遥望香港。

然而，好事多磨。1997 年 7 月 1 日，香港回归当天，魏品凤没能加入首批进驻香港的中国人民解放军，但他没有丝毫的怨言，仍然深深迷恋着那块对他来说神秘的热土。

1999 年，魏品凤成为基地某连指导员，专门负责培训驻港部队新兵和干部的培训任务，看着自己培训的兵比自己先进入香港，他用当时流传在基地的一句话说："我不进入也光荣。"

"功夫不负有心人"，2002 年 1 月，魏品凤奉命选调入驻港内部队，终于如愿以偿踏上了这块让他魂牵梦绕的土地。同时，他也感到自己身上有股前所未有的压力，因为在香港这个大都市里，自己的一言一行将成为世界人民了解中国人民解放军，了解中国大陆的一个窗口。车子将魏品凤带到了新围兵营担任指导员，责任主要是驻港部队军官的培训。

2003 年，他又被调到昂船洲驻军通讯站担任机关协理员，主要职责是从事党组织的建设，对干部战士进行思想教育和理论学习。

魏品凤在香港的两年时间里，基本上都是在营区内活动，除了每年的探亲假回乡以外，还有一定期限的休

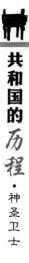

假。但是魏品凤基本放弃了所有其他休假的机会，除了外出办公事外，真正能在香港大街上玩耍的时间，他屈指而算仅仅就两天时间。就那两天时间还是因为要陪他妻子。原来那年，魏品凤的妻子专门到香港去看望他。

据魏品凤说，像他这样放弃了假期的人在驻港部队中屡见不鲜。

由于工作职责原因，魏品凤接触最多的就是普通战士和兵营内负责打扫卫生的大娘们。其实说句老实话，兵营内的内务工作一直都很规范，地面随时都很干净，大娘们的工作基本上就是为营区内的那几棵树清扫树叶。

当时营区士兵的收入就是 400 至 500 港元，而大娘们的收入是 800 至 1000 港元，收入悬殊之大让人瞠目结舌。当时有人就开玩笑说，那些大娘们捡的不是树叶，而是黄金。

面对类似的问题，魏品凤对战士们进行系统的教育。通过交流他发现，其实战士们思想很单纯，在战士们的心里，这身军服所代表的大于其他的一切。

2003 年，"非典"疫情在全国爆发，由于中央政府和香港特别行政区政府积极采取措施，在香港有效地控制了"非典"疫情。自此开始，香港市民对中央政府越来越信任，并急切地希望通过驻港部队去了解祖国。

魏品凤所在的营区接待了一万多名香港市民，他们的心就这样紧紧地连在了一起。

2004 年，从香港回到广西南宁军分区干了一年多时间，**魏品凤**正式被批准转业，来到州劳教所戒毒大队当副队长，负责管教工作。

现在**魏品凤**生活十分幸福，有贤惠的妻子和一个上小学的女儿。他也经常想起自己在香港的那段日子，在平常的生活中和工作上，**魏品凤**还保留了相当的"驻港部队军人"的痕迹。用他身边同事的话来说，他是一个"政治敏感性高，工作作风雷厉风行，相当注重自己形象仪表"的军人。

在**魏品凤**心里，自己的"香港情"很深很厚，退伍这么久了，自己还是经常通过报纸、电视和网络去关注香港发生的变化。

魏品凤说：

作为一名驻港部队退伍军人，我和香港有很深的情缘，大陆和香港同胞都有一颗中国心，希望香港永远繁荣昌盛。我爱你，香港！

驻防风采

从培训向培育跨越

凡领略过驻港部队官兵风采的人，无不为这个高素质军人群体而感佩。这支部队的战士有一所共同的"母校"，即驻港部队某教导团。这个团的团长被尊称为"校长"，张杰曾担此重任。

张杰刚任团长就遇到了一件棘手事。当时，刚刚退伍的湖南岳阳籍战士小王的母亲打来电话，说小王回家后不到一个月便因为和人打架受到处罚。按说，战士小王在部队表现是不错的，入伍第一年便入了党，被团里评为训练标兵、优秀士兵，进港工作后还获得嘉奖一次。按说，在部队表现这么好的青年回到地方应该大有作为，怎么又会这么快就违法乱纪呢？

在战士离开团队前后表现截然不同的问题上，有人不以为然，认为战士思想多元、不确定性大，只要管好他们在团队和驻港时的表现就行了。张杰却不这样认为。他说，一种行为决定一种习惯，一种习惯决定一种性格，一种性格决定一种命运。我们干部不仅要对战士在营区里的行为负责，还要想办法在战士心中铸起一道无形的"荣辱墙"、"道德线"，使规范自我行为成为他们的一种自觉意识延伸到营区外。

随后，团党委一班人在新战士中集中组织了一次调查，发现，作为"80后"的新战士，有不少人对部队所处的特殊环境和担负的神圣使命认识不足，对训练生活的艰苦性思想准备不足，心理承受能力也不够强。针对这些新情况，张杰提出从改善团队环境入手，通过不断加强军营文化建设，努力营造全面育人的良好氛围，在潜移默化中培养战士高尚的思想道德追求。

不久，团里便在官兵宿舍和饭堂之间修建了632米的文化长廊，镶嵌上76块宣传栏，涉及党的光辉历程、人民军队组成、团队历史、道德规范、香港简介等16个方面的内容。展出图片3000多张，文字10余万字。长廊还在专门位置摘录了《基本法》、《驻军法》和《海关法》的部分条款，体现了驻港部队做遵纪守法模范的特殊要求。20多幅战斗精神挂图、"八荣八耻"和"八个良好风气"的内容也在长廊显著位置被突出出来。

当兵前曾在东莞、深圳打过工，信奉"享受人生"信条的战士吕成作，入伍不久，便由于训练任务繁重，心理压力大，闹着要回家。

张杰认为，小吕这种思想在新战士中有一定市场，应该帮助他提高认识，带动和影响其他战士树立正确的生活观念和价值追求。他主动与小吕结成对子，利用周末单独带着他来到文化长廊参观，用雷锋、李向群的英雄事迹和驻港官兵坚定政治信仰、履行防务职责、树立良好形象的感人事迹引导小吕的思想走向。每隔几天，张杰还抽出时间到连队看望他，陪他聊天、下棋、读书

驻防风采

看报，时常与他交流学习心得体会。

功夫不负有心人。半年下来，小吕终于调整了心态，全身心地投入到连队训练中去。后来小吕成为香港驻军"五星级哨兵"中的一员，还被评为"优秀士兵"，他感慨地说："张杰团长不仅是训练了一名战士，更是培育了一个人。"

育人观在官兵的头脑中扎了根，就会产生强大的精神动力。张杰与党委"一班人"一道，在战士中广泛开展谈心活动，组织神圣使命、军人道德、法纪法规、心理疏导等内容的教育，修缮了团史馆和文化活动中心，把团拜、游园、文艺晚会、歌咏晚会、电影晚会、茶话会和书画、球类、棋类比赛等制度化、规范化，营造良好氛围，在点滴中培育战士文明素养。在从团队退伍和选调进港的近 6000 名战士中，无一人发生严重违纪问题。

原三营海军战士小魏家在农村，父亲病危，妹妹辍学。张杰得知这一消息后，立即组织全团官兵开展"捐款献爱心"活动，很快就解了小魏的燃眉之急。有的干部认为团领导关心战士的疾苦，这么快就解决了战士的实际困难，事情到此应该算是结束了。

张杰却不这么认为，他认识到：像小魏这样家庭有困难的战士还有不少，每个人的困难都靠捐款来解决不现实，再说，有限的捐款也只能暂时缓解战士的家庭困难，并不能从根本上解决，战士离开部队以后怎么办呢？

张杰召集团党委"一班人"商量,决心把团队真正建设成为一所大学校、大课堂,而不仅仅是所"训练营"。让从这儿走出去的战士,人人都能掌握几门实用的生存技能,都有比较过硬的资格证书,把"驻港精兵"培育成为"社会精英"。

在张杰的倡导下,团里专门聘请一五七医院的心理专家为专职辅导员,定期给战士们开设讲座、释疑解惑,帮助战士们确立"机遇面前平等竞争、生活面前平等相处"的基本生活准则;团里还和深圳市劳动局合作,办起了"两用人才"培训班,定期开设计算机、商务英语、保安和文秘等近十个学习专业,共培训学员近2000人,其中有1400余人次拿到了各类资格证书。

除此之外,张杰还亲自跟深圳市几家著名的大型企业联系,邀请他们每年在老兵退伍前夕来团里举办专场招聘会。有近600名战士留在自己的第二故乡——深圳工作生活。涌现出了像在深圳招商银行担任骨干的刘桂池、在东莞某公司担任副总经理的党敏等一大批退伍战士的先进代表。

一次,驻香港部队某部原指导员姜青其和司机唐辉到电脑城买电脑,店老板一听说是驻港部队的,又是上茶,又是点烟,希望能帮忙从香港带点电脑内存条过来,每条给20元报酬,并当场提出送一台高性能笔记本电脑作为定金,被两人严词拒绝。

这件事让张杰沉思了许久。驻港部队在"一国两制"

特殊条件下执行任务，各种考验严峻而现时，无论是平时站岗执勤，还是日常工作生活，稍有不慎就可能出现违规违法，甚至演化为政治问题。对于一名普通驻港官兵，在平凡岗位上要想作出突出贡献难，但要给祖国和军队抹黑却可能就在不经意之间。

"团队军事训练年年100%是不是就等于战士政治考验个个合格？考场合格能不能算是考验合格？"张杰在常委会上一连摆出了两个疑问。

团党委"一班人"决定从坚定战士理想信念着手，把军事技能的考核和政治信仰的考验并重。张杰亲自带领机关的同志研究如何把党的创新理论给战士们讲深讲透。他坚持每周参加一个连队的理论学习辅导课，和战士们一起谈体会、记笔记，参加读书演讲、专题讨论和体会交流等。

他还组织从港内交流出来的干部，结合亲身经历给战士们讲驻港官兵是如何面对资本主义社会各种复杂环境考验的典型事例。

从该团走出的数千名战士身上发生着数不清的精彩故事：义勇救人、智擒偷渡客、拾金不昧、拒带走私品等等，不胜枚举。战士们几乎每天都会在自己的驻港经历中遇到这样或是那样的考验，正是凭着在团队时确立的坚定政治信仰，才保证了他们能够经受各种考验，永远做合格士兵。

汽车连官兵练微笑练手势

在汽车连里，官兵们有一项特殊的训练，即微笑训练。一开始，连队并没有这项训练项目。

战士马炜第一次进港执行任务时，他和排长过落马洲管制站，报完关，对方是个老警察，很关切地问："这位驾驶员是不是身体不舒服啊，带病开车很危险哦。"

这一问题让带车排长愣住了，交谈后才知道，海关人员误把驾驶员的严肃当成了不高兴。

马炜从小就不爱笑。这以后，他把小镜子揣在身上，每次装卸完物品要上车时，就掏出小镜子来照着，笑一笑。这个练习微笑的经验后来被汽车连总结推广。

从那之后，连队上起了"微笑"训练课。每天出操归来，大家都要到军容镜前照一照、笑一笑。

事实上，每个进驻香港的新兵差不多都会遇到地方文化、礼节差异带来的困扰。从 1997 年开始，香港这块土地上，陆陆续续停留过几批解放军战士的身影。他们都无法忘怀驻守香港的那段日子。

驻防风采

训练了微笑，还要训练挥手。据官兵们说，在香港，让车、过关、见到警察大家都会挥挥手，是一种习惯的礼节。

马炜已经退伍了，但他仍然怀念在汽车连的日子。

他回忆自己刚到汽车连不久，曾连挨两次批评。

第一次是跟班长去香港过安检，班长跟香港警察微笑挥手，受班长提醒，马炜也伸开 5 个手指头，朝车窗外晃了晃。回来后，他就挨了批。

原来，老兵们跟空姐学来的挥手姿势都很标准：拇指张开，其余 4 指并拢，晃动两三下，动作干净利索。马炜说："我的手松垮垮的，像个小孩。"

官兵们最初做起来有些不自然。官兵们经常出车回连队了，还对着军容镜比画着挥手的动作，直到自己在香港路上自然主动地向警察挥手。连长李延庆说，他们这是入"香"随俗。

李清平难舍的香港情结

李清平曾是驻港部队 1997 年入港的战士，当年在香港石岗村军营值勤，退伍后当了扬州人寿保险公司理赔员。

1997 年香港回归，在威武雄壮的驻港部队中有整整 100 名扬州籍战士，李清平就是其中的一个。他说："1994 年，听说驻港部队在扬州征集 100 名战士，我迅速报了名，最后以过硬的政治和身体素质应征入伍。"

新兵连训练结束，李清平被选进驻香港部队步兵旅侦察连，驻扎深圳同乐军营进行了更加严格的集训。

2007 年，当扬州的地方报纸采访李清平的时候，他激动地说：

虽然已经过去 10 年了，但香港回归那天的情景至今仍历历在目，那是我心里永远无法淡忘的回忆。

驻港部队是一个"合成化"军队，训练要求很高。侦察连除进行步兵共同课目如 5 公里越野、400 米障碍、步兵基础射击等训练外，还要开展城市特种作战训练课目，如擒拿格斗、建筑物攀登、侦察兵应用射击、武装

泅渡等训练。另外还要学习法律法规和英语。

李清平说："经过两年多的训练准备，1997 年，我们已完成所有课目，随时待命进驻香港。"

1997 年 6 月 30 日，中央军委领导来到驻港部队，代表军委欢送驻港部队入港。李清平说："在大会召开的过程中，我所在的侦察连有幸担任了保卫军委首长安全的任务，我被委派担任外线警卫。"

大会大约 9 时开始，军委领导向驻港部队下达了中国人民解放军进驻香港的命令，那时全场响起了震耳欲聋的掌声。

李清平兴奋地回忆着当时的场景，他说：

1997 年 7 月 1 日凌晨我们做好了进港前的一切准备，3 时从深圳同乐军营出发到深圳莲花山地域集结，我永远忘不了出发前指导员对全连战士的动员，他说，这可能是我们一生中所从事的最神圣而难忘的一件事，大家必须以饱满的战斗精神来履行自己的职责，行使对香港的主权，洗刷我们民族的百年耻辱。

李清平说，7 月 1 日上午 9 时，他随驻港部队如期进驻了原英军的石岗村军营，当他身背武器行进在新界石岗公路边的时候，香港居民都停车观看，显得非常友好。

"10 年了，看到香港如此平稳与繁荣，我真的很高兴。"已为人父的李清平告诉记者，他准备带小孩再到香港去走一走，看一看，告诉下一代，他的父亲曾是香港回归的见证者、守卫者。

2006年是驻港部队进驻香港9年来老兵退伍人数最多的一次。当天，驻香港部队陆、海、空三军2000多名服满现役的战士，惜别日夜守卫的香港返回内地，分别在深圳和广州踏上返乡归途。

驻香港部队司令员王继堂、政委张汝成等领导特地赶到深圳和广州火车站为老战士送行。

驻守香港期间，这些老战士恪尽职守，遵纪守法，积极参加了香港特区政府组织的植树造林、无偿献血等公益活动，用"爱港亲民"的实际行动，展现了驻港部队"威武文明之师"的良好形象，圆满完成了防务职责，为维护香港的繁荣稳定作出了突出贡献。

离开香港前，老战士们通过驻军新闻发言人向香港社会各界致意，感谢香港市民对驻军官兵的关心和支持。许多退伍战士表示，一定要把部队的好传统和好作风带回家乡，在地方经济建设中再创佳绩，为构建社会主义和谐社会贡献自己的青春和力量。

2007年是香港回归10周年，解放军驻香港部队千余名战士在出色地完成了履行香港防务任务后光荣退伍了。

驻防风采

驻港女兵美丽人生更精彩

"到了部队，就没有男人女人之分，只有军人。"这是黄蓉刚当兵时一位带兵人跟她说的一句话。

一直以来，驻港部队通信站中环机务站三班班长黄蓉也是用这句话严格要求自己，努力工作。

在军队这个男人的世界里，女兵总是很少的，驻港部队也不例外。她们是一个特殊群体，但在柔弱的外表下，却是身为军人的勇敢和坚强。她们的美丽人生，在军营的磨炼下更加精彩。

驻港部队通信站中环机务站有40多名女兵。2002年年底，高中毕业的黄蓉从广东梅州入伍，第二年4月进港。

作为话务员，背电话号码是基本功。按要求，她们必须记得港内驻军的几千个电话号码。一个月里，她就背会了，在那一批话务员中，第一个上机工作。

话务员在全封闭的环境中工作，每天要接转上千个电话，心理上很紧张。又是一直坐着做事，久而久之，很多人都有腰椎间盘突出。上级首长了解到这些情况后，想方设法为她们缓解压力。设立了活动室，休息的时候，可以下下棋，跳跳健美操什么的，倒也自得其乐。

驻港部队实行严格的管理。偶尔，她们也会有机会到其他军营参观。黄蓉说，这也增加了她们接转电话的直观感受。同时，沿途还能看看香港的风景。

工作上的辛苦，总是被周围上级和战友的关爱取代。黄蓉笑言，女兵在驻港部队还是很受"宠"的。比如说"三八节"，男兵会帮她们上岗，这等于给她们放假了；她们还可以向炊事班提要求，想吃什么，炊事员都会尽可能满足她们。

"驻守香江的神圣日子，是我一生的荣耀，一生的激励，再见吧，香港……"送行的歌曲响起，女兵黄蓉的眼里充满着泪花。

黄蓉说：

这几年我在驻港部队军营开放、慰问安老中心等活动中接触到了许多香港市民，他们非常关心、爱护驻军，香港各界每年中秋都到驻军慰问官兵，给大家留下深刻印象。虽然离开香港了，还会一如既往地关注这片土地，衷心希望香港更加繁荣。

除了话务员，驻港部队的女兵还多集中在驻军医院。

侯玉娟，一个小巧玲珑的女护士，被人们称为"侯一针"，因为她自己经过反复摸索和训练，掌握了一套"无痛注射法"，效果很好。连接受过她的护理服务的前外交部长李肇星都夸赞她，还把自己的诗集题签送给她。

驻军医院主要担负为驻港三军提供预防、医疗、保

驻防风采

健一体化服务，同时，还肩负战备卫勤保障任务。

2006 年 11 月，驻港部队与香港警务处首次举行军警联合海上搜救演习。侯玉娟是驻军唯一一名参与救援的女护士。为防止晕船呕吐带来的麻烦，她粒米未进。演习开始后，她精神抖擞，和大家一起，演练了船上伤员急救、直升机紧急危重伤员等全部救援课目。

侯玉娟说，在驻港的三年里"收获很大，感触很多"，驻港部队的每个官兵都是优秀的，而且很有团队精神。每个加入到这个集体的人都会很快融入到里面，用高标准严格要求自己。她说："驻港部队是一个大熔炉，让我对军人这个词有了更深的理解和认识。"

24 岁的侯玉娟还把自己嫁给了军人，丈夫现在广州。她笑言，和丈夫相识至结婚，只见过 3 次面，"我们的恋爱是在电话线上"。

香港，在所有驻港老兵心里，都留下了永久的珍贵的记忆……

参考资料

《解放军进驻香港前后》胡恒芳著 广东人民出版社

《进驻香港》王亚宁主编 长征出版社

《香港驻军十年》苏玉光 节延华 陈道阔著 解放军
　　出版社

《驻军香港》张波著《昆仑》1999 年第 4 期

《旗耀香江："香港驻军模范红二连"纪实》广州军
　　区政治部组织部编 白山出版社

《从大渡河到香江："香港驻军模范红二连"纪实》
　　广州军区政治部组织部编印 长征出版社